Évanouissement à Shinjuku

Ioana Georgescu

Évanouissement à Shinjuku

roman

Les Éditions Marchand de feuilles

Marchand de feuilles
C.P. 4, Succursale Place D'Armes
Montréal, Québec
H2Y 3E9
Canada

www.marchanddefeuilles.com

Révision : Annie Pronovost
Mise en pages : Roger Des Roches

Couverture
Infographie : Matei Paquin
Photos : Alexandra Paquin et IG
Vidéo et image fixe (4e de couverture) : IG
Caméra : Jocelyne Montpetit
images : © gagarin studios

Distribution au Canada : Marchand de feuilles
Distribution Europe : Librairie du Québec/DNM

Les Éditions Marchand de feuilles remercient le Conseil des Arts du
Canada ainsi que la Sodec pour leur soutien financier.

Conseil des Arts   Canada Council   Société
du Canada   for the Arts   de développement
                                           des entreprises
                                           culturelles
                                           Québec

L'auteur remercie le CALQ pour son soutien financier.

Données de catalogage avant publication (Canada)

Georgescu, Ioana,

      Évanouissement à Shinjuku

      ISBN : 2-922944-20-4

      I.Titre

PS8613.E57E92 2005   C843'.6   C2005-940146-X
PS9613.E57E92 2005

à Alex

Écran noir (*Tokyo*)

18 h : projection (il fait déjà noir)

Demain, dans la foule matinale du métro, sous la plus grande intersection de Tokyo, une femme s'évanouira. Après coup, selon un calcul approximatif, elle pourra retrouver l'endroit de l'incident. Shinjuku. C'est elle, l'étrangère que personne n'osera toucher. L'homme en trench, dont l'image est floue, donc imprécise, cet anti-héros sans nom qui servira d'appui à sa chute, ne saura que faire. Il ne fera donc rien, regardant d'un air perplexe ce corps étranger glisser sur son imperméable. Figé, il attendra le miracle. Essayera-t-il quand même de l'attraper ? Le contact imprévisible avec les seins de la femme le rendra-t-il mal à l'aise ? Sans aucun doute.

Qui es-tu, homme générique, homme sans visage, homme sans nom ? D'où viens-tu, où vas-tu si tôt un matin si gris ? Tu travailles pour Sony, au département de marketing. Tu es journaliste sportif au *Japan Times*. Professeur de réalité virtuelle à la Polytechnique. Vendeur d'appareils de massage au magasin Isetan. Conservateur au I.C.C. Orthopédiste. Orthodontiste. Orthophoniste.

Le matin, l'homme dira au revoir à sa femme. Elle le regardera maternellement dans le cadre de porte, lui fera un signe d'adieu avant qu'il ne disparaisse dans la noirceur de cette banlieue morne. Pour la millième fois. Tout sera pareil. Il marchera jusqu'au métro, pour rejoindre les troupes se dirigeant vers la forêt de gratte-ciel de la ville. Il entrera dans la bousculade sans savoir que, près de Shinjuku, une femme étrangère tombera, malgré elle, sur lui. Que dans un geste d'abandon total, le poids fluctuant de la femme se déposera doucement sur ses contours à lui, cachés par le trench.

Ce contact inattendu provoquera probablement un léger frisson inavoué chez l'homme. La femme, elle, ne sentira rien. Elle s'évanouira, c'est pour cela. Son corps mou frôlera le corps raide de l'homme qui viendra de subir les touchers froids et maternels de la femme qu'il a laissée derrière, dans le cadre de porte.

À l'autre bout de la ville, une autre femme est encore dans le hors-cadre et dans un temps décalé. Elle ne sait pas encore qu'elle et cet homme mal aimé prendront le même métro. Elle ignore qu'ils se retrouveront dans le même wagon. Que dans douze heures, elle sera la protagoniste d'une scène qui l'aspirera dans un écran noir. Et que le seul témoin qu'elle pourra interroger sera son propre corps.

Car lui, l'homme mal aimé, sera déjà loin. Prêt à recommencer son rituel automatisé qui remplit sa vie du matin au soir. Sans aucun espoir d'un contact qui saura réveiller ses sens, sauf pour celui de l'inconnue qui sera tombée sur lui, sans rien ressentir. Corps inerte de femme. Mémoire désactivée. La femme voudra savoir. Au début, ce sera en vain.

Percer l'écran noir de ce trou creusé dans le souterrain d'une ville grouillante de foules, éclatante de lumières. Retrouver l'instant perdu dans l'obscurité qui a absorbé les images de la chute et celles de toute une vie. Traduire le plus d'images possible, secourues du fond du trou noir de la mémoire d'un être temporairement en panne d'électricité. Voilà quelle sera sa lutte.

L'homme en trench, elle ne le reverra jamais. Elle ne connaîtra ni son identité, ni celle des autres personnes qui auront assisté à sa chute. L'instant ne sera donc pas documenté. Sans le reflet de ce que les autres auront vu, les images du film de la chute ne seront pas enregistrées. Il faudra alors commencer par chercher les images invisibles et sourdes au fond de la tête et du corps de Dolorès.

Les témoins de passage ? Impossible de les interroger. Station après station, chacun se sera éloigné dans un couloir interminable différent. La vérité en mille éclats dissimulée sous les journaux roulés. Points de vue perdus aux quatre coins de la ville. Comment retracer le récit ?

Pour l'instant, il est dix-huit heures. La femme se prépare pour sa dernière nuit dans ce petit hôtel de Nakano. C'est ici qu'aura lieu une étrange performance avec Sharon Stone. Pour l'instant, elle fourre dans sa valise tout ce qu'elle trouve par terre, sauf les objets qui appartiennent à l'hôtel. Elle ne fait pas partie de ceux qui partent avec les serviettes et les cendriers. Pourtant, ici, elle pourrait même prendre un joli *yakata*. La valise regorge d'affaires. La femme balaye une dernière fois la chambre de son regard. Tout semble en place. Sur le calendrier, Sharon sourit et approuve. Elle a vingt ans de moins sur cette photo. Dolorès descend ensuite au restaurant de poisson grillé d'en face et commande un *kinki*.

C'est un poisson dentelé et rosé, très joli et bon. Le nom la fait sourire. Elle fume cigarette après cigarette, elle boit du thé vert en bavardant par signes avec son voisin, un homme d'affaires un peu ivre qui parle un peu l'anglais. Elle qui d'habitude ne prend pas d'alcool, elle se dit : « Pourquoi ne pas prendre du saké ? » L'hypnose de ce feu, où les poissons empalés attendent d'être dévorés, agit sur le système. Les gens sont assis en cercle.

Les poissons dansent, au milieu, leur propre mort. Le saké délie les langues qui rentrent dans des bouches qui disent des choses déplacées. Les gens sont de moins en moins inhibés. Les bras se posent sur les maîtresses et les hôtesses. L'étrangère observe la scène comme si c'était un film. Elle entre dans l'écran et dans ce film, elle se sent osciller entre « dedans » et « dehors », elle traverse les espaces et les temps. Elle est dans l'air, elle erre dans les villes comme l'Alice de Wenders, elle traverse les déserts comme la femme en Afrique de Depardon.

Dans l'étourdissement de ce moment, elle fait le tour du monde et de sa tête. Le présent, le passé et l'avenir se mélangent dans un seul temps. Elle voyage jusqu'au bout du monde et hors du monde, elle est dans une fusée qui se déplace à la vitesse de la lumière, et plus vite encore. Sa tête tourne. Le saké produit son effet. C'est chaud et doux. Elle ferme les yeux. Il fait noir.

6 h : il fait encore noir

Il est six heures du matin. Dolorès descend, affolée. Elle n'a rien mangé, elle a soif, elle a froid. Elle n'a aucun choix, elle doit maintenant courir. Elle court comme une furie. Elle court dans les escaliers, dans les couloirs, dans les tunnels, sous et sur les plates-formes. Dans la foule, elle se fraie un chemin avec sa grosse valise. Elle traverse et sépare ainsi en deux ces régiments qui se rendent au travail d'un pas mécanique. Il faut à tout prix attraper l'Express pour Shinjuku. On le sait, elle n'a pas trop dormi pendant la nuit, un peu par peur de manquer son avion. Sa dernière nuit à Tokyo a été blanche, sauf pour une heure.

(0 h)

À minuit, elle s'est d'abord rappelée. Elle a téléphoné à la réception pour qu'on la réveille à six heures précises. Comme double mesure de protection, elle a aussi réglé son petit réveille-matin bleu de voyage. La valise était ouverte.

Dehors, il faisait noir. Dolorès regardait de temps en temps par la fenêtre. Devant l'hôtel, quelques ivrognes rentraient chez eux en gueulant. Il pleuvait sans arrêt. Sur l'asphalte froid et encore mouillé des ruelles de Nakano, les pas résonnaient encore plus. Au dernier étage, dans sa chambre *tatami*, Dolorès a enfilé son kimono. Des verres couverts de plastique étaient placés en rond sur un plateau. *Sterilized*, indiquait l'étiquette. Dolorès s'est fait du thé vert et s'est préparée pour le show, dont elle était la seule spectatrice et protagoniste.

Elle a mis des gants blancs et aussi un masque blanc du genre chirurgical. Ce masque, qu'elle a longtemps cru contre la pollution, est en fait un objet de grande courtoisie. Un jour de grave épidémie, tout le monde fera cette performance avec des masques devant les écrans de télé, malgré eux. Les femmes voilées du Caire les porteront à l'aéroport pour vérifier la fièvre des passagers. Dans les rues de Hong-Kong, de Toronto ou d'ailleurs, villes hantées par le SRAS, cette mode durera le temps d'une quarantaine prolongée. Mais ce jour n'est pas encore arrivé. Nous sommes encore à Tokyo, et les microbes sont exclus d'emblée de ce monde blanchi par la prévention. Dolorès a regardé l'heure. Il était d'abord quatre heures du matin, ensuite cinq heures. Il faisait encore noir. Elle s'est endormie.

6 h et après

Et puis, c'est la panique. Elle se réveille en sursaut d'un rêve où elle a manqué l'avion. Il y a d'abord le coup de fil de la réception. Ensuite le réveil. Ses yeux sont encore collés. Elle ne voit rien, mais elle entend les sons aigus du téléphone et du réveille-matin.

Des frissons lui parcourent la colonne. Il est six heures. Une course infernale entre le rêve encore frais et la réalité commence. Elle court vers la salle de bain. Dans le flou de sa vision, elle retrouve peu à peu le foyer. Elle saute dans la douche, en sort sans s'essuyer, encore mouillée elle enfile des vêtements qu'elle tire de sa valise au hasard. Elle monte sur le bagage, qu'elle ferme avec difficulté à l'aide de ses pieds, jette un dernier coup d'œil à la chambre, descend, laisse les clefs à la réception, dit au revoir, sort de l'édifice, se fait aspirer dans le labyrinthe des ruelles en espérant y échapper à temps, traverse enfin la petite place près de la station de métro. Elle laisse derrière le colonel Kentucky – version asiatique, avec ses yeux bridés. Il est de garde devant son restaurant, qui sent déjà le poulet frit selon la fameuse recette secrète (oui, ce monstre pané à six jambes et à deux têtes). Les poules sur l'affiche du salon érotique d'à côté semblent faire un signe d'invitation au colonel en plâtre : entrez mon colonel, ne restez pas là, sous la pluie.

Il pleut de plus en plus fort. Dolorès, épuisée par cette nuit bizarre, avance sur le pilote automatique vers l'aéroport de Narita. À Shinjuku, elle devra changer pour l'Express. Dolorès descend dans le souterrain, là où il ne pleut pas mais où tout peut arriver. Elle commence à courir. Elle court de plus en plus vite en entendant le signal du train, elle

court en traînant son immense et lourdissime valise, avec tout son équipement vidéo. Elle court encore et encore jusqu'à sentir son souffle se bloquer.
La poitrine lui brûle, sa gorge est sèche. Allez, encore un pas. Elle tire une fois de plus son énorme
sac à roulettes, sa croix. Elle reprend ses forces, elle
est comme un athlète lors du sprint final. La ligne
d'arrivée n'est qu'à un pas. Un dernier escalier. Elle
pense vraiment qu'elle va s'écrouler. Que ses veines
vont éclater, que son sang va inonder la station.
Elle court et se glisse entre les portes, qui bloquent
son corps et qui coincent sa valise. Ça y est, elle
a réussi à entrer. Elle dépose la valise. Expire longuement. Mais sent aussitôt qu'elle étouffe, qu'elle
doit absolument ressortir. Une nausée terrible lui
noue le ventre. Si elle le pouvait, elle dégueule-
rait là, sur le trench impeccable de cet homme devant elle.

Elle regarde dans le brouillard. Ils sont là, comme
des sardines aux yeux bridés, ces hommes en uniforme, en habit noir, chemise blanche, cravate noire,
tous les mêmes. Ils sont plantés là, comme une armée endormie debout. Ceux qui sont assis lisent le
même journal, est-on dans ce film allemand, *Linie
Einz* ? Elle pose la tête sur le trench. Elle s'écroule.
L'armée d'hommes en trenchs reste immobile. Tout
à coup, il fait noir. Très noir, sous la plus grande
intersection de Tokyo.

Elle s'enfonce dans le trou noir, sans images, sans mémoire. Aveugle. Sourde. Que fait l'homme qui sert d'appui à la chute du corps de l'étrangère ? De sa réaction probablement passive, on n'aura jamais de trace ; ni de celle des autres hommes devant la scène gênante ; ni de celle des quelques femmes endormies avec leurs portables à pompons. Il fait vraiment noir dans ce trou.

Trou qui a tout avalé. Trou qui a tout aspiré dans un vortex. Le centre du monde et les origines de l'être se sont perdus au fond d'un puits. Confusion. Nuit du temps révolu ou à venir. Contours de visages mêlés. Étrange voyage spiralé. Fragments de mémoire récupérée par la force du courant du vortex. Images déformées, refaisant surface. Collage de faits et de sensations, images incomplètes, odeurs imprécises, mots murmurés. Chercher l'origine, au fond du puits. Animer l'écran noir. Femme à peau basanée, qui es-tu ? Du fond du puits noir, ta voix répond dans un écho caverneux :

Je m'appelle Dolorès D. Je suis un peu noire. Mon père s'appelle Habib. Il vient d'un pays de la mer Rouge qui n'était pas un pays quand Habib est né. C'était en Éthiopie, c'est en Érythrée. Il a vécu un temps à Bucarest. C'est là qu'il a rencontré ma mère. Je suis le résultat de leur dernière nuit d'amour. Le lendemain, il est parti sans laisser de trace. Ce père, je ne l'ai jamais connu. Je ne sais même pas s'il est vivant. S'il sait que j'existe. Est-il de retour à Asmara ? Leonhardt est mon autre père. C'était le mari juif de ma mère. Un neurochirurgien très généreux et plein de fantaisie. Il est maintenant mort. Je suis née à Bucarest, pas à Budapest. C'est la confusion typique et je veux tout de suite l'éviter. Davis Junior s'est trompé à l'ouverture de la Coupe de tennis et le public l'a hué. Je suis donc née à Bucarest, d'un père noir, alors étudiant en archi-tecture, et d'une mère très blanche et belle. Elle s'appelle Adina, elle est devenue une grande canta-trice qui a fait carrière à New York peu d'années après la naissance de mon frère Ion Ion. Lui est un peu hystérique. Il aime un *broker* du *Wall Street*. Il est né à Rome en 1969, le même jour que John-John Kennedy. C'est pour ça ce nom qui est une traduction. Notre mère est encore vivante, mais de-puis la mort soudaine de son mari, elle est un peu folle. Leonhardt s'est tué dans un accident de moto. La mère d'Adina s'appelait Ileana. Elle était issue de la noblesse déchue de Bucarest. Une virtuose du piano. Une voix magnifique. Elle aurait pu devenir une diva. En mariant ce pianiste génial mais commu-niste, elle a tout sacrifié. À une époque où les temps étaient durs, elle a abîmé ses mains en lavant des draps dans le bain. Ses mains d'artiste sont deve-nues sèches, sa voix s'est rouillée dans la fumée des cigarettes sans filtre. Mais sa taille de guêpe ne s'est

---

jamais déformée. Elle avait une autre fille, Ruxandra, c'était la petite sœur d'Adina. Ruxandra, sans grand talent mais très gâtée, chantait des lieder aux repas de famille, au grand désespoir d'Adina, dont personne ne parlait. Les gens applaudissaient, gênés devant le manque de talent de la petite merveille. Aussitôt la politesse finie, ils se précipitaient sur les montagnes de nourriture préparée par Ileana, ce cordon bleu malgré elle. Selon que c'était les fêtes de Noël, du Nouvel An ou de Pâques, ces montagnes s'appelaient *piftie, drob, sarmale, chiftele, mititei, snitzel*, le tout couronné d'un bon *tort*. Noms à résonance mystérieuse cachant des amalgames magiques qui font saliver l'invité averti : gelée à l'ail aux morceaux de porc encastrés ; entrailles d'agneau enveloppées d'une croûte (elle-même provenant de la membrane des organes en question) ; cigares au chou (noyés de crème sûre) ; deux variantes de boulettes de viande hachée, l'une de forme ronde, l'autre cylindrique, l'une à base d'oignon et l'autre avec une bonne dose d'ail ; escalopes de porc panées ; gâteaux grandioses à étages. Forcément, la tradition est lourde pour l'estomac.

Je m'appelle Dolorès D., car je porte le nom de ma mère. Si je dis D., c'est que je ne peux pas dévoiler ici le nom en entier. Je risque de me faire poursuivre par la maison de disques qui lie ma mère, encore célèbre mais un peu folle, par un contrat sans pitié et à vie. Je sais que le nom de famille de mon père est Abebe. C'est tout. Je ne possède qu'une seule photo de lui, la seule photo que ma mère a sauvegardée pour moi, lors d'un accès de rage et de désespoir où elle avait tout détruit. Elle s'est arrêtée à temps, devant la dernière victime potentielle de son saccage : la photo d'identité de Habib.

Un jour, elle me l'a montrée. Elle m'a dit : « C'est pour toi quand tu seras grande. » Je suis grande. La photo m'appartient, je la garde précieusement dans une boîte de cigares cubains en bois de cèdre. Dans cette boîte, il y a aussi du sable de la mer Rouge. C'est Thomas qui me l'a envoyé. Dans le sable, il avait mis des diapos de cette mer incroyable. La photo du jeune Habib est celle d'un étudiant africain qui sera amoureux d'une Roumaine. C'est le seul visage de mon père, alors dans la vingtaine. A-t-il une barbe grisonnante maintenant ? Où est-il ? Est-ce que j'ai des sœurs et des frères, autres que mon demi-frère Ion Ion, né en liberté six ans après moi, fils d'Adina et de Leonhardt ?

Tout ce que sais, c'est que Habib a dû quitter le pays, brusquement. Qu'il a laissé ma mère Adina en larmes, enceinte d'une petite fille qui allait s'appeler Dolorès. Le sait-il ? Elle, c'est moi. Lui, je l'appelle par son nom. Habib. Leonhardt a été le seul père que j'ai connu et il m'a aimée comme sa propre fille. Habib a disparu avant de pouvoir être père. Il n'a plus jamais donné signe de vie. Une nuit d'amour, un départ précipité. Le temps s'est arrêté pour Adina avec cet évanouissement d'amour. Je dois ma vie à ce moment. Est-il mort aujourd'hui, comme l'autre père qui m'a élevée ? Je me le suis toujours demandé, lorsque je croisais le regard caché et plein d'espoir d'Adina. Je sais qu'elle l'a attendu secrètement toute sa vie, malgré le bonheur que Leonhardt a su lui procurer dans une réalité parallèle. Elle l'a attendu en vain, son marin. D'abord en mère célibataire et étudiante, ensuite en femme de Leonhardt Golden, plus tard en diva du Carnegie Hall et maintenant qu'elle n'a plus personne, dans sa folie lucide sur la 88ᵉ rue à New York. Je sais que depuis toujours, elle serre les dents et l'attend en silence, son *habibi, forever.*

Quand elle est sûre que personne ne la regarde, elle se perd dans des rêveries, près de la fenêtre. Moi, l'enfant de cet amour fou, moi, la mulâtresse aux yeux parfois bleus parfois verts, je lui rappelle sans cesse cet amour et cet homme disparu. Je suis là, impuissante.

Je suis dans la cour. Je la regarde d'en bas, elle est à la fenêtre. Elle ne me voit pas. Je rentre dans la maison sur la pointe des pieds. Elle ne m'entend pas. Je me mets près d'elle. Elle ne le sent pas. Je suis à côté, comme sur un banc d'avion, en espérant qu'elle m'amène avec elle dans ce voyage, à travers la fenêtre jusqu'à la mer Rouge, la mer d'où vient mon père. Mais chaque fois, elle y va seule. Moi, je reste derrière, à contempler ses départs de plus en plus fréquents, de plus en plus loin.

Dolorès ouvre les yeux. Elle est encore à Shinjuku. Elle est assise sur un banc au bord du quai pour le Narita Express. Elle sent ses lèvres bouger, raconter quelque chose. Devant elle, le contrôleur en uniforme voit son désarroi et lui demande si elle va à l'aéroport. Il l'aide à acheter son billet. Dolorès reprend ses esprits, sa nausée ne la lâche pas, mais elle doit monter dans l'Express. Elle s'écrase sur le siège du train. Elle ferme les yeux. Elle essaye de faire rejouer le film. Une fois, deux fois. De cet exercice, aucun souvenir ne fait surface. L'absence de la mémoire se joue au cube.

Reconstruction sur le siège 34A

À bout de souffle, enfin dans l'avion. Côté hublot. Débarrassée des derniers sacs, elle passe par-dessus deux corps sans visage et sans sexe. Dolorès tombe sur son siège, elle est en sueur. Elle enlève son manteau et ferme les yeux. En expirant, elle provoque un courant d'air. Pousse un soupir, presque orgasmique. Elle est étourdie par la course, assommée par le court-circuit de son corps, confuse par la surcharge d'informations mentales qui envahissent sa tête et son corps, qui a manqué d'électricité. Elle ne remarque même pas qui est à sa droite. Elle ne voit rien, n'entend rien. Elle plonge dans les vagues de sons et d'images de sa mémoire noyée, fracturée, broyée. Elle boucle sa ceinture. Le bruit, ce click au son métallique, déclenche une étincelle d'images-éclairs.

Les premières images de l'évanouissement reviennent soudainement à la surface. Elles apparaissent d'abord difformes, brisées, distordues, ensuite floues, enfin fragmentées. Dolorès se voit dans le miroir d'un puits bizarre. Narcisse à l'envers, déjà au fond des ténèbres, d'où elle contemple la surface de l'eau inexistante. Elle y aperçoit un ciel et des têtes d'hommes aux yeux obliques qui bordent ce cercle vu d'en bas. Les visages, agrandis et déformés par un invisible objectif *fish-eye* imaginaire, font peur. Pour un instant, elle pense qu'elle a été enlevée par des extraterrestres.

Le réveil graduel mais rapide à la réalité éloigne cette hypothèse. Alors, pourquoi tous ces Asiatiques ? Elle se lève comme un automate, sans l'aide de personne, de toute façon personne ne lui offre son aide. Les hommes debout sont les mêmes que dans l'image précédente. Sauf pour l'objectif invisible, qui change. Le même homme en trench, qui a servi d'appui en premier, est multiplié par des dizaines de clones. Tous aussi surpris qu'elle, ils sont là, accrochés aux barres. Ils ont l'air nuls, avec les cravates et les chemises blanches à demi couvertes par des imperméables beiges. Tous pareils. Immobiles. Ici, de toute façon, on ne touche pas un étranger. Tu peux crever dans la rue, lui a dit l'amie qui a longtemps vécu ici. Elle en savait quelque chose, elle, sur ce drôle de rapport au corps des Japonais. Dolorès demande : « Shinjuku ? » Avant même qu'on lui réponde, elle est déjà sortie.

Écran bleu (*dans l'avion*)

Luna Park.

Que reste-t-il après la chute du corps ? Turbulences de souvenirs embrouillés dans un vertige. Turbulences très haut dans le ciel, comme presque toujours près de Tokyo. Dans la tête de Dolorès, un carrousel d'images tourne dans tous les sens. Elle ferme les yeux et les ouvre à intervalles irréguliers. Elle est assise à côté d'un homme, c'est tout ce qu'elle a remarqué. Elle n'a pas l'intention d'engager la conversation, elle a mieux à faire. Dolorès pense sans cesse à sa perte de connaissance, à ce *blackout* dans le métro. Elle cherche à retrouver sa mémoire déstabilisée. Après les premières images secourues, les souvenirs surgissent en vrac, en cascade, dans un flux exponentiel.

L'écran du petit moniteur placé devant chaque siège est allumé. Pour l'instant, il est bleu. Dolorès aime l'écran bleu dans tous ses états : lieu virtuel, lieu physique et métaphore. Elle trouve que c'est aussi un non-lieu par excellence, qui cache une promesse sous son vide apparent. Elle aime ce rectangle bleu qui est comme une zone grise en physique, comme un disque blanc de Newton dans la théorie des couleurs. Un *no man's land*. Ce lieu, parfois muet comme le moniteur, devient le lieu de tous les lieux, dès qu'il décide de tout dire. S'il est en papier, il peut faire des miracles. Tout devient possible. Vous n'avez qu'à vous mettre devant un écran bleu (c'est la façon plus classique, car aujourd'hui on utilise aussi des écrans verts et même roses). On vous filmera ici, et on vous transportera là, vous serez placés dans n'importe quel environnement. Vous êtes ici et là, maintenant. C'est pour cela qu'un jour, elle a eu l'idée de ce projet interactif *Blue Screen*. Elle voulait faire quelque chose sur l'amnésie électronique masquée par l'écran bleu et, par la même occasion, sur la révélation de la mémoire du corps et de l'image qui voyagent grâce à l'écran bleu.

Quand Dolorès s'écroule sur son siège, l'écran bleu du moniteur prend tous les sens qu'elle lui a déjà trouvés. Il n'y a pas de signal vidéo sur l'écran bleu. Il n'y a pas non plus de signal dans la tête de Dolorès. Elle aussi est en absence d'images. Dolorès attend que les couleurs se séparent, qu'elles sortent, qu'elles se composent en images.

Muet, l'écran fait la grève du signal, il refuse de montrer ses couleurs. Masque bleu par-dessus les souvenirs de Dolorès. Il est là, il tient les voyageurs suspendus devant une promesse d'image. Bientôt, ils verront les instructions à suivre en cas de catastrophe.

Non, l'image n'est pas encore au point. Il faut arranger le *tracking* des noirs. Les couleurs sont brouillées et les contours des formes, pas très clairs. Voilà que les images commencent à apparaître, de plus en plus définies. Nous pouvons enfin voir, projeté sur l'écran bleu, ce qui se passe dans la tête de cette passagère.

Elle revoit d'abord sa vie en accéléré, comme ceux qui frôlent la mort. Le numéro 55, blanc sur le bleu de la façade de la maison en granite, devant la rotonde aux pigeons. Sa mère Adina qui pleure. Son père Habib sur la seule photo jaunie qui a été sauvée. Ileana, sa grand-mère maternelle, en robe de soirée. Dinu, son mari, qui joue du piano. Son premier cours de natation dans le fond de la piscine, qui l'absorbe dans ses profondeurs. Elle pense se noyer. Les drapeaux tricolores qui flottent au vent partout. Les panneaux à l'effigie des pères du peuple. Les cravates rouges autour du cou des pionniers qui s'en vont au défilé du 1er Mai.

De nouveau dans le noir absolu, elle essaye de remettre sur *play* la machine qui enregistre sa mémoire.

Fondu au noir, au gris et au brun. C'est la fumée dans une gare sale et puante, la nuit du grand départ, en secret de la famille. Ils sont là, juste eux trois : sa mère, elle et son père adoptif, Leonhardt. Plus loin, les vagues de la mer Noire sont agitées et grises. Elles leur disent adieu. Après, c'est encore Leonhardt. Il est penché sur le berceau de Ion Ion, son demi-frère né en liberté. Ils sont à Rome. Le chien Tziganu court sur une plage en Turquie. Ils sont en vacances, leurs premières depuis la fuite. Dolorès voit Babsy, une femme très grosse et Ira, un homme très maigre et sans dents. Ce sont les parents de Leonhardt. Ils sont chez eux, dans cet appartement minuscule qu'ils partagent avec cinq familles entassées. Tout de suite après, l'image saute. Elle voit des piazzas et des fontaines de Rome, des tours de New York : ses villes d'adoption. C'est dimanche dans le Central Park. Elle court avec le chien. Adina pousse le bébé, Leonhardt fait le fou. Allers-retours sur l'axe du temps et à travers l'espace divisé par le rideau rouge du théâtre de la cruauté. Est-il en fer rouge ce rideau qu'on dit de fer ? L'Américaine rebelle revient au pays. Elle revoit des fragments de la ville de ses origines reflétés dans ses yeux d'adolescente. « Qui a tourné la tête de Lénine ? » demande une voix caverneuse de professeur.

Ses amis passent maintenant à toute allure. En tête de file, il y a Kaï, le père de la vidéo et son maître.

Ses traits sont effacés par la vitesse. Vera et Jack, collés l'un sur l'autre. Encore heureux. Nana, son amie japonaise, a le vertige. Elle s'agrippe à Rocky, qui est méconnaissable. Ils tourbillonnent sur un carrousel de Luna Park. Ils crient de peur. Ils se confondent tous dans un être sans visage. À présent, ils sont alignés. C'est comme dans une parade avant-gardiste. Ils sont habillés comme les futuristes italiens, ils portent des costumes en aluminium, des chapeaux pointus, des ensembles de couleurs primaires, des collants jaunes, pied-de-poule, lignés, ils font du bruit, ils scandent de drôles de textes incompréhensibles. Leurs voix sont distordues. C'est comme la fin d'une bande audio qui se déchire. La vitesse de ce défilé étourdit de nouveau Dolorès. L'écran noir réapparaît encore une fois, avec ces vagues qui sortent du cadre.

Il fait si sombre sous les vagues de la mer Noire. Il fait noir au fond de la piscine. Il n'y a plus d'air dans ses poumons, cette nuit en haut des Carpates, ni cet après-midi à Hong-Kong, sur Victoria Peak. Elle manque d'air et s'évanouit dans ces montagnes au bout du monde et du temps. Et là, elle est dans le métro de Tokyo. Il fait très, très noir.

Des images flottent à la surface du puits noir et persistent : la tête de Robostarr, cet homme-machine de l'art contemporain. Il est là, dans la foule de Shinjuku, avec son chapeau noir, au bras d'une femme blonde, il est là à Hong-Kong, où ils se retrouvent de nouveau par accident quelques années plus tard.

Elle pense à la mort de Leonhardt qui aimait sa moto comme une femme. Elle pense à tous ces hommes de l'Est, du Nord, de l'Ouest, du Sud qu'elle a croisés ou aimés. Ils sont là, au milieu d'une voie ferrée vide, sur un pont en métal rouillé, sur un toit du centre-ville, sur une plage ou sur une montagne. Dans l'obscurité d'une salle, un homme qui porte une cravate à pommes la fait rire. Il lui dit en partant : « J'aime vos collants rouge et noir, c'est comme l'anarchie. » Il lui dit : « Et les jambes sont pas mal non plus. » Il s'approche. Son corps est collé au sien.

Les hommes d'à côté en poupées russes

Soudainement, tel un faible courant électrique, une voix d'homme plus forte la tire de ses rêveries et la laisse perplexe. Jusque-là taciturne, l'homme à côté d'elle lui demande : « Êtes-vous chinoise ? » Il a un accent asiatique, et la question survient lorsqu'il entend Dolorès choisir le menu. Elle répond par un « non » presque bête. Il réagit aussitôt : *Sorry, I'm blind…*

S.S.

La situation la fait sourire. Elle pense à cet autre homme rencontré un an auparavant, dans un avion de Swiss air. Elle ne se souvient plus de son nom, sauf qu'il commençait par S. L'homme lit. Elle regarde par la fenêtre. Ville de transit. Ville neutre ? L'avion décolle. Elle voit les clochers et le lac devenir de plus en plus petits. Les banques controversées, de plus en plus grandes. Zurich est déjà dans le cadre ovale du hublot. Dolorès aperçoit la colline d'un hôtel aux allures de sanatorium, où elle a logé une fois. L'air était frais et pur, l'herbe était verte. Des vaches tachées noir et blanc (des Holstein ?) broutaient tout près dans un bonheur total. Plus loin, elle voit les montagnes enneigées. L'image est digne d'une carte postale ou d'un emballage de chocolat Lindt.

Elle tourne la tête et prend une pile de journaux. Tout pour ne pas parler au voisin. Elle lit distraitement le *Corriere della Sera*. Au bout de trois heures de vol, l'homme s'excuse et la chevauche pour aller aux toilettes. Elle craque devant ses excuses répétées. De toute façon, tout le monde la dérange constamment, car elle est malheureusement assise à côté des toilettes. Un de plus ce n'est rien, mais il est irrésistiblement poli en la chevauchant, ce Turc. (Elle pense qu'il est Turc.) Elle est charmée par sa délicatesse sur fond de toilette puante. Elle fait des blagues sur leur rôle de gardiens de W.C., sur la nécessité de créer une taxe, d'exiger des documents de passage. Elle le laisse passer. « Je vous en prie. » Elle regarde du coin de l'œil, elle voit les plis à la taille de ses pantalons, sa chemise bien repassée. Il est beau à sa manière. Dans son pays, il doit être très bien coté. Un profil classique, l'allure sévère. Dolorès est intriguée, maintenant qu'elle a ouvert la porte. D'où pourrait-il venir ? Mais, comme elle déteste cette question quand elle lui est destinée, elle se tait.

Comment ont-ils commencé à rire sans ensuite pouvoir s'arrêter ? Comment cet homme, qui avait l'air si sérieux, pouvait-il être si drôle et si rapide dans ses répliques ? Il stimule l'humour de Dolorès, qui le fait rire. Lui, il répond quelque chose de plus drôle encore, qui fait rire Dolorès. Les voilà engagés dans une agréable et interminable spirale. Les questions de plus en plus intimes ne créent plus aucune gêne.

Peut-être que tout a commencé quand, pour indiquer le bas âge de son fils, il a montré un espace de trois centimètres avec ses doigts, en même temps qu'il a dit : « Il est petit (*he's small*). » Plus tard, quand l'homme s'est plaint de ne voir que des nuages, Dolorès, inspirée par un documentaire qu'elle a vu sur des *Romance Tours* de riches Américains en quête d'épouses russes, lui a dit : « Ceci est un *Romance Tour*. On ne quitte jamais la ville. L'avion tourne en boucle. Ce voyage est unique. Il y aura des filles. Tout est possible dans cet avion. » Il a ri.

Il lui a ensuite parlé de caviar, son sujet de doctorat. Et ils ont ri encore, elle et ce professeur de l'Université de Teheran. Donc, ce n'est pas un Turc, mais un terroriste. Il lui apprend pas mal sur la question du caviar, sur les méthodes russes pour extraire les œufs sans tuer les poissons. Il paraît que les Russes pratiquent une sorte de chirurgie plastique sur les porteurs d'œufs : ils font une incision, enlèvent les œufs, ils cousent, ils attendent qu'ils se reproduisent de nouveau, et hop ! ils extraient d'autres œufs, encore une incision, puis ils recousent une nouvelle fois. Tout ça, pas plus de trois fois. Sinon, les poissons sont trop amochés. Comment se fait-il que Dolorès éprouve un soupçon de désir pour ce professeur de caviar ? Elle regarde sa bouche. Un relief qui invite au baiser. Mais elle ne peut pas sauter comme ça sur ce *gentleman* venu d'ailleurs, lui arracher ses lèvres perses, elle une *lady* qui aime les *gentlemen*. Donc, rien. Les deux retiennent leurs mains, leur bouche aussi, malgré un certain désir indéniable, trahi par leurs yeux un peu trop brillants.

Ils descendent à New York. Lui, il doit attraper un avion pour une ville universitaire. Il est inquiet de le manquer. Dans le pays neutre, on a confisqué le passeport de S.S. Pour eux, ils sont tous des terroristes, ces gens venus d'ailleurs. Oui, S.S., ce sont les initiales de ce scientifique de renommée internationale qu'on traite en criminel. Dolorès l'aide aux douanes. Il lui en est très reconnaissant. Dolorès en est touchée. Elle n'a pas l'habitude de donner sa carte aux hommes d'à côté. Elle fait une exception et lui dit : « Si tu repasses par New York, appelle-moi. » Mais le jour venu, il ne le fait pas. « Il doit être intimidé », pense Dolorès. Le temps passe. Elle oublie S.S., jusqu'au jour d'un coup de fil, interrompu à chaque mot. C'est lui. Il appelle de Teheran. Il la remercie, au nom de sa femme et en son nom, de l'avoir aidé. Encore des excuses. Il n'a pas pu appeler, car son avion pour l'Europe était en retard. Quand Dolorès essaye de prendre son numéro en note, il répète des mots coupés, qu'il reprend, qui se coupent, elle écrit un numéro complètement morcelé, démultiplié. On entend la voix de la femme de S., coordonnatrice de toute cette action. Dolorès trouve tout ça farfelu. Elle rit seule, elle pense à cette femme au bout du fil qui ignore ses pensées impures, là au bout du monde, elle rit lorsqu'elle pense aux histoires de caviar, de *Romance Tours*, elle rit. Peut-être que les époux iraniens veulent, en fait, remercier Dolorès de leur avoir redonné le désir… Un jour, elle décide d'appeler ce numéro embrouillé. Hélas, la communication s'arrête là, bloquée par l'annonce de numéro erroné. La balle est dans son camp à lui, maintenant, cet homme d'à côté aux initiales si chargées.

L'errance temporaire autour du personnage désigné par deux lettres, S.S., prend fin avec ces dernières images amusantes. Elle l'imagine encore une fois au téléphone, avec sa femme derrière qui lui dicte quoi dire à Dolorès.

L'aveugle du JAL

Retour dans le présent. Le voisin de siège est l'aveugle et non plus S.S. C'est pour cela qu'il ne la voit pas, mais il la sent sourire, sans comprendre pourquoi.

Pas étonnant que celui qui a pensé qu'elle était chinoise porte des lunettes de soleil très foncées. « Et vous, d'où venez-vous ? » Il préfère garder le mystère. Il a la peau fine et ses traits, visibles autour de ses fausses Ray Bans, trahissent ses origines. Encore des Ray Bans… Comme les machos qui conduisaient des taxis en Amérique latine. Comme les pilotes japonais qui avaient rigolé avec elle, en lui faisant la cour. Comme Fatahl qui avait acheté des copies à Manille. Comme Boris. Mais celles de Boris n'étaient pas comme les autres, elles étaient plus petites, plus coquettes, plus contemporaines, dernier cri, achetées dans une boutique chic. Pourquoi fond-elle, chaque fois, devant les hommes aux Ray Bans ? De plus, elle se demande ce qui rend cet homme aveugle sur le siège de la Japan Airlines si attrayant… Sa voix ? Son sixième sens ? Ils commencent à parler et à s'apprivoiser, car les deux sont du genre solitaire et un peu sauvage.

Elle lui a dit : c'était Fatahl

Ça commence, comme presque toujours, par des choses banales. Et ça finit dans l'intimité. Mais ça, beaucoup plus tard. Pour l'instant, on est au niveau : « Où allez-vous ? Où étiez-vous ? Pourquoi Tokyo ? » Dolorès se surprend à répondre à des questions qui, d'habitude, l'embêtent royalement. Elle lui parle de sa bourse, de son année à Tokyo, elle lui dit qu'elle a envie d'y retourner. « Excusez-moi, je suis un peu bouleversée. » Et elle lui raconte alors son évanouissement à Shinjuku.

L'homme l'écoute avec beaucoup d'attention, il absorbe chaque détail de la chute de cette femme qui n'est pas Chinoise. Elle lui parle ensuite de Hong-Kong, où elle est allée au mois de mars pour se réchauffer et se reposer. Elle lui dit à quel point elle adore cette ville. C'est son oasis. L'espace lui semble transparent et léger. Elle y circule par glissement, et non pas par frottement comme dans d'autres villes. L'homme lui dit qu'il est justement originaire de Hong-Kong. Ils parlent de lieux qu'ils affectionnent tous les deux. Il est un homme d'affaires. Il a une maîtresse et il vit à Tokyo ; contrairement à ce que pense Dolorès, sa maîtresse est du même âge que lui. Il va voir ses enfants, qui vivent en Europe avec sa femme. Non, il n'a pas toujours été aveugle. Il lui demande si elle est mariée.

Elle lui parle alors de Fatahl, le seul homme avec qui elle a failli se marier, un jour de folie amoureuse. C'était avant Thomas, l'Anglais qu'elle doit maintenant rencontrer à Lisbonne. Fatahl était journaliste de guerre, il était moitié arabe, moitié suédois. Un vrai cocktail Molotov. Maintenant, ils se sont quittés. Il partait souvent en reportage, les guerres étaient nombreuses. À ce point de son récit, elle ne peut pas s'empêcher de parler de l'étrange rendez-vous à Hong-Kong, sur le Star Ferry, un an après leur rupture brutale. Comment se fait-il que les deux aient choisi cette destination au même moment, sans le savoir et sans avoir de nouvelles l'un de l'autre ? Elle rejoue dans sa mémoire le film de cette bizarre rencontre, dans des temps mêlés et décalés, où leurs corps se sont retrouvés à la fois à deux centimètres et à deux mille kilomètres l'un de l'autre, sur une plage du sud de l'île. Elle décide de raconter tout ça à l'homme aveugle. Elle ne peut plus s'arrêter. C'est comme si sa pudeur n'avait plus d'importance, parce que l'homme ne peut pas la voir. Elle lui parle d'extravagance et de spontanéité, de spirales amoureuses, de montagnes russes entre le bonheur qui exalte et le malheur qui brûle l'âme. L'homme lui dit qu'elle a la voix veloutée.

Elle se sent fatiguée d'avoir tant parlé et, par la même occasion, d'avoir pensé à Fatahl. Le repas est maintenant fini. On entend les bruits habituels de plateaux et de verres, que les belles hôtesses ramassent en un temps record. Le thé vert arrive. On éteint les lumières. Le film va commencer.

Les voisins de siège, la mulâtresse et le Chinois aux lunettes fumées, se taisent. Il y a donc cette pause qui dure assez longtemps, où l'homme aveugle a déjà fermé les yeux sous ses lunettes. Dolorès, pas encore. Elle le regarde un peu en cachette. Il est très beau, il a la peau fine. L'homme sent le regard se poser sur lui, il aime cette sensation. Les deux s'assoupissent sur le fond du film.

Les pensées de Dolorès s'envolent par-dessus l'écran noir qui couvre maintenant la ville de Tokyo. Elle est à Hong-Kong, parenthèse dans le printemps qui tarde à arriver à Tokyo. Elle va au devant du printemps. Il fait chaud. Elle rencontre Robostarr. Décidément, le Star Ferry est le lieu de retrouvailles accidentelles par excellence. Deux ans auparavant, c'était Fatahl. Elle pense d'abord à lui. Elle pense à ce qu'elle a raconté à son voisin aveugle et, surtout, à ce qu'elle ne lui a pas dit.

Rendez-vous, si loin si proche

Dolorès est dans le brouillard de la ville de Hong-Kong. Elle est là-bas et ici, dans cet avion de JAL, entre les bribes qui lui parviennent du film américain et les souvenirs flous qui défilent dans sa tête. Elle sent le poids des non-dits et toute la tristesse de ce rendez-vous sur le bord d'une mer bleue, au bout du monde. Théoriquement, ils sont au même endroit au même moment. Par hasard. En réalité, chacun est déjà ailleurs, dans un autre espace et dans un autre temps. Elle est un peu coincée dans un passé proche où elle aime, à distance, Thomas. Fatahl est projeté dans un avenir sans avenir, content de son présent sur la peau du passé à elle. Il lui a donné rendez-vous près du Star Ferry. Elle hésite, mais décide d'y aller.

Elle se présente à l'heure prévue. Elle attend sans se faire trop d'espoir. Elle éprouve même une légère indifférence. Dolorès attend au bord de cette mer, d'un bleu étonnant ce matin-là. Elle imagine des bateaux qui se croisent au milieu des flots. Elle et lui sont sur ces bateaux. Ils regardent dans la direction opposée. Ils ne se voient pas. Ils vont chacun du mauvais côté. En sens contraire.

Quand elle comprend que Fatahl ne viendra peut-être pas, elle pense qu'il a dû se tromper de date. Ou a-t-il tout simplement abandonné ? À cet instant, elle s'en fout. Et puis *fuck*, elle arrête de l'attendre. Elle prend un autre bateau, vers une île.

Ils sont là, un jour en retard. Ils ne savent pas trop quoi se dire, dans le décalage horaire et dans le décalage de leurs vies qui ont bifurqué. Elle avait tracé une ligne rouge sur le sable du désert et lui était devenu muet. Cela avait été leur adieu. Les revoilà ensemble. Deux corps inertes sur la plage. Plus de courant électrique possible. Débranchement instantané du désir. Par la force du destin et par le pouvoir de la volonté. Ils sont là, sur cette plage, séparés par le contour de ses seins à elle et de ses fesses à lui. *Do not touch*, comme au musée. Deux corps dans une vitrine. Deux solitudes, si proches et si loin. Ils se quittent ensuite, encore une fois dans le silence, au milieu des émotions étouffées. Elle jure de ne plus jamais penser à cette histoire. Son cœur brisé est en reconstruction.

C'est ainsi que l'homme assis près d'elle est le dernier témoin aveugle de son dernier rendez-vous avec Fatahl. Il l'a interrogée à propos de la première fois. Elle lui a répondu. « Fatahl voyageait seul et tournait ses propres images. Nous étions assis à des tables différentes, pas très loin l'un de l'autre, avec nos équipements respectifs par terre, à nos pieds. C'était à Dubrovnik, dans un café devant la statue du poète dont je ne me rappelle plus le nom. Étant les seuls clients, nous avons engagé une conversation de circonstance, qui s'est prolongée et qui a dégénéré. »

La voilà dans les bras de ce journaliste caméraman, bâti comme une armoire à glace. Les voilà, pendant quelques années, qui se croisent dans des villes toujours différentes. Les voilà qui vivent ensemble pendant deux ans à New York, dans un moment d'accalmie. La seule fois de leur vie où ils vivent avec quelqu'un. Fatahl était beaucoup plus vieux et expérimenté qu'elle. Mais ils partageaient un même besoin d'indépendance. Les voilà, encore une fois, elle triste, lui heureux : ils sont sur cette plage en Asie. C'était après la fin.

Elle a toujours été fascinée par la force du hasard dans sa vie. Elle pense à toutes ces rencontres accidentelles, calculées, manquées, réussies ou carrément miraculeuses. Le record, c'était Fatahl. Leurs pas se sont d'abord suivis ou croisés dans plusieurs taches aveugles de la terre. Dans un décalage rythmé, l'un marchait, tôt ou tard, sur les traces de l'autre. Parfois, il y avait une intersection ici et là. La dernière fois a toutefois été vraiment dure, ils se sont rencontrés là, au bout du monde. Mais c'était trop tard.

Elle a ensuite pleuré à deux reprises, durant deux films nuls. Heureusement, il y avait Johnny Depp dans le premier et Brad Pitt dans l'autre. Elle a pensé : « Comment ai-je pu tuer mon désir, ensuite mon affection pour Fatahl ? Et que dire de l'amitié ? »

L'homme machine, ce grand sentimental

Elle décide de se changer les idées et de penser à l'autre rencontre sur le Star Ferry, plus drôle et plus légère. Elle revoit donc le visage de Robostarr, lorsqu'ils tombent face à face, précisément là. En se croisant pour la deuxième fois en Asie, ils entrent ainsi dans un cadre riche en rencontres du genre.

Décidément, l'Asie se prête aux miracles. Et Robostarr n'est pas un homme banal. Il a trois yeux, trois bras et bientôt trois oreilles. C'est l'ami d'un ami. Tout le monde qui s'intéresse à l'art et aux technologies le connaît. Cette fois, elle rentre presque en collision avec lui, pour une deuxième fois. La dernière fois, sa tête dépassait de la foule de Shinjuku ; il portait un chapeau brun.

Dolorès s'apprête à prendre le ferry lorsqu'elle le voit. Starr est si content de la retrouver. Il rit avec ce rire presque fou qui l'a rendu célèbre. Il doit filer, mais il lui dit : « Viens ce soir à la conférence. » Elle y va et s'amuse à le regarder, là, tout en noir, à gesticuler et à montrer des images aux étudiants en délire. Il a apporté son autre bras pour une démonstration. Les jeunes le regardent avec leurs yeux bridés ouverts au maximum. Certains essayent le bras. Oh là là !, ils perdent le contrôle, la salle entière rit, lui il intervient, corrige leurs mouvements. Après la file d'attente de rigueur, les cartes professionnelles changent de mains et enfin arrive le repas avec des gens triés sur le volet. Ouf, c'est fini. Dolorès et Starr marchent au bord de l'eau. Il y a encore pas mal de monde qui se balade sur ce *lungo mare* très long. En face, les logos sur la façade des gratte-ciel se reflètent dans la mer violacée. C'est une très belle soirée chaude. Ils se dirigent vers l'hôtel selon une entente tacite. De temps en temps, ils rient un peu nerveusement.

La promenade finit, sans trop de détour, dans le lit *king* d'un hôtel chic de Kowloon. C'est la première fois que cela arrive entre eux. Il y a deux ans, à Tokyo, il était venu avec une femme. Rien ne s'était donc passé alors. À présent, ils sont dans la chambre d'hôtel, prêts à exécuter ce qui avait été mis de côté. Il pose le troisième bras par terre. Il la prend avec tout son corps musclé. Soudainement, il s'arrête et se costume avec tout ce qu'il trouve. Il commence à la toucher avec son bras métallique froid. Dolorès ne sait pas si elle aime ça ou pas. Il court derrière elle avec tous ses appareils attachés à son corps. Elle crie à l'aide. Ça fait zang zang. Ils se jettent sur le lit, ça fait un bruit d'enfer, toute cette ferraille. Il s'est branché et son corps s'est mis à bouger mécaniquement. Dolorès doit s'adapter à ce nouveau rythme et aux morceaux supplémentaires de son corps. Ce qui l'étonne, c'est sa tendresse. Qui aurait dit que ce robot humain ou homme-robot était si sentimental ? Il lui fait ensuite un *strip-tease* vraiment drôle : il enlève les électrodes, les fils, les câbles, le bras et les autres prothèses. Nu devant elle, il se met à genoux et la demande en mariage... Elle dit oui. Ils éclatent de rire et font l'amour encore une fois, sans métal, juste de la chair bien musclée. Sa peau à lui est douce, il lui dit qu'il aime mettre de la crème Biotherm pour femme. Ils s'endorment dans le bonheur total, entourés de pièces détachées.

Cette nuit, elle rêve d'abord d'une explosion apocalyptique. Ensuite, ils sont dans une maison à flanc de montagne. Un astéroïde en flammes tombe du ciel. Comme dans l'image de Magritte que Robbe-Grillet a insérée dans la *Belle captive*. Il fait clair près de la maison. On voit la boule de feu tomber. Dolorès sait qu'il faut courir vite, elle le dit à l'homme inconnu à ses côtés. C'est trop tard pour lui, une lumière aveuglante sort d'un des trous de l'astéroïde. Le visage de l'homme s'illumine. Des flammes lui sortent par les yeux. Il ressemble à ET. Dolorès a réussi à échapper à cette malédiction. Elle se réveille en sueur, Robostarr dort comme un gros bébé musclé, avec le sourire. Elle s'habille en douce et disparaît dans le paysage encore caché par la nuit. Le lendemain matin, elle prend le bateau sur une mer aux reflets bleutés et rosés. Elle disparaît sur cette mer d'acier avec le souvenir d'un corps d'acier sur sa peau.

Deux heures plus tard : leçon d'acuponcture comparée

L'homme se réveille en même temps que Dolorès. L'image de Robo plane encore dans son esprit. L'aveugle se masse. Dolorès fait la même chose. Elle impressionne son voisin avec ses connaissances en acuponcture. Lui, il lui montre alors d'autres points, en les touchant doucement. Il la touche avec les mains et avec les mots. Ils parlent à voix basse. L'aveugle lit son corps à elle en braille. Et le corps se met à se rappeler.

Trois évanouissements en boîtes chinoises : (c'était à la montagne, c'était sous l'eau)

Derrière Dolorès, un monsieur étire le cou. Il est curieux d'écouter la conversation de Dolorès et de son voisin aveugle. Il connaît ce détail, sans l'avoir vu, car il l'a entendu dire « *I'm blind* ». Le monsieur est engourdi, il s'ennuie, le deuxième film est terminé, le goûter aussi, il n'a plus rien à faire que d'écouter. C'est à ce moment qu'il entend la femme raconter une autre histoire à son voisin de siège :

« Je suis là pour la première fois, c'est le premier jour à Hong-Kong. Je monte en flèche sur le Victoria Peak. Je traverse d'abord de Kowloon au Central. C'est l'heure du lunch. J'emprunte les rues abruptes pleines de garçons en cravate et costumes foncés, pleines de filles à l'allure étudiée, avec leurs cheveux longs, leurs jupes et leurs bottillons. Bruit de voix, de pas et d'assiettes. Je passe devant les vitrines ornées de canards laqués, devant les cafés branchés en bordure du Soho. J'aborde la colline frontalement, je traverse le jardin zoologique, je me retrouve ensuite dans le parc qui mène là-haut. Je marche vite, je suis heureuse, je suis ravie de ce que je vois, enivrée des odeurs de la végétation luxuriante. Je veux arriver sur la cime. J'aime voir les villes de haut.

« Tout à coup, une sensation familière : d'abord une nausée. Manque d'air. Étourdissement. La nausée, toujours plus forte. Je regarde vers le haut, vers le bas. Tout est loin. Très loin. Je suis sur une côte abrupte envahie de végétation, pas un seul banc, pas de place pour s'asseoir. Je sens que je vais tomber, je m'appuie sur un arbre. Je lutte pour rester debout. Pour ne pas tomber. Pour ne pas glisser sur l'arbre, comme j'allais le faire sur l'homme sans nom de Tokyo. Je suis sur l'axe de symétrie et je dois décider. Je lutte. De quel côté aller pour sauver ma peau ? Pour respirer, pour ne pas tomber dans le trou noir en bas de la colline. Ou bien, est-ce en haut que m'attend le trou noir ?

« Je me revois alors, enfant. Je suis dans les Carpates avec ma famille et des amis de mes parents. Nous montons sur la route de glace, sur cette pente enneigée. Mon petit sac à dos pèse une tonne, je suis gelée. Je tire mes jambes. Je pleure et les larmes deviennent de la glace. Un adulte, qui voit ma détresse, prend mon sac. Allez, encore un peu et on y arrive. Il fait noir, la neige est phosphorescente, le vent souffle, j'ai peur. Ma mère se retourne et me rassure, mais je vois qu'elle aussi en a marre. Elle me tire par la main. Allez Dolorès, tu vois en haut, la lumière, c'est là. J'ai la nausée. Je vois vert. Tout à coup, rien. Je n'ai plus froid, plus faim, je ne sens plus rien. Il fait noir.

« J'ouvre les yeux et je suis sur le dos de Victor. Je referme mes yeux collés par la glace. Quand je me réveille, je suis dans une pièce à lits superposés. Le feu de la *soba* chauffe la chambre. Adina, ma mère, me tient dans ses bras. Dolorès, mon petit, ça va ? Tu vois, tu es une championne. La lumière de la chambre est celle que je voyais d'en bas lorsque Victor me l'avait montrée à mi-chemin. Je suis du bon côté, c'est moi qui regarde le précipice, où peut-être d'autres gens glacés avancent dans le noir. La ville brille à mes pieds. Je suis maintenant au sommet de la montagne pointue et glacée. J'ai cinq ans et je viens de connaître ma première victoire. Je crois que c'est depuis ce jour que j'aime regarder une ville d'en haut.

«Je suis à la piscine. Même âge. C'est l'été après l'hiver où j'ai touché au ciel. L'instructeur m'a jetée à l'eau. Je tombe au fond, je n'arrive pas à me relever avec les quelques pneus de vélo dégonflés autour de ma taille. C'est la première fois qu'il m'enlève la bouée de sauvetage et me lance comme ça. Je tombe comme une roche. Je me débats, je manque d'air, je vois vert, encore une fois. Là, c'est dans les profondeurs que je descends. Il fait noir à nouveau, je pars vers le trou noir, de plus en plus loin, vers le bas.

«Une main m'attrape juste à temps par les pneus mi-gonflés, me tire, je vois les bulles bleues, je sens l'air entrer dans mon corps. Je respire rapidement dans la panique. Je veux voir ma mère.

Adina arrive en courant. C'est le pire jour de ma vie, j'ai vraiment cru que j'y resterais. C'est comme ça qu'on apprend la vie aux petits futurs révolutionnaires. On les noie un peu, pour leur faire connaître la limite du bas, déjà. On les jette dans le trou noir de la peur, pour faire d'eux les champions des sommets de demain.

« Je pense à tout ça sur Victoria Peak, lorsque je décide de continuer vers la limite du haut et non celle du bas, celle de la piscine où j'ai failli me noyer sous les yeux de l'instructeur sadique et de ma mère impuissante qui ne savait pas nager. Je respire pour garder l'équilibre. Cette montagne se pose comme un obstacle. Ici, à mi-chemin, je dois décider. Vers l'avant ou à rebours. Mais je me rappelle mon principe, toujours en avant, il faut regarder vers l'avenir et vers le haut. J'opte pour la première solution. Je continue sans regarder derrière. Je le fais lentement, en respirant. Il n'y a personne, sauf une femme. Elle me dépasse et, au même moment, elle s'arrête. Elle fait du jogging sur place. Elle enlève les écouteurs de son baladeur. En me voyant, elle me demande si j'ai besoin d'aide. Elle me dit que je suis blanche. Ça va aller. Je continue, la nausée s'apaise, je sens mes pas de plus en plus solides.

« Je suis en haut, avec les touristes qui prennent des poses sur ce petit balcon, d'où il y a la meilleure vue. Personne ne soupçonne ce qui vient de se passer.

Que j'ai pris la bonne décision, encore une fois. D'aller vers le haut, vers l'avenir. Je suis là, je regarde la mer, le port, les édifices qui percent presque le ciel envahi par le brouillard. Je vois les gratte-ciel de Victoria où habitent les riches. De l'autre côté, je vois le Centre culturel de Kowloon. Où est la fenêtre de ma chambre sur le coin rond de cet édifice de Nathan ? Ma vue est bloquée par un écran blanc de nuages. La menace e l'écran noir d'un autre évanouissement est à deux respirations. Je suis une championne et je regarde, triomphante, la ville d'en haut. J'ai gagné. C'est 1 à 0 pour moi, dans ce corps à corps avec elle. »

Le Chinois écoute ses histoires emboîtées, il est fasciné par ces espaces qui communiquent. Il est lui-même un peu étourdi. L'homme derrière étire le cou de nouveau, cette fois pour voir qui est cette femme qui raconte de telles péripéties. Elle se lève pour aller aux toilettes. L'homme est étonné par son allure. Il l'avait imaginée autrement.

Quand elle retourne à son siège, Dolorès souffre encore de logorrhée. Elle continue donc sur la même vague Hong-Kong. « Ah, quelle ville magnifique ! Quand j'arrive là, c'est étrange, je me sens comme si je rentrais chez moi. J'ai mon petit loft – je l'appelle comme ça par affection. C'est une chambre sur le coin arrondi du onzième étage d'un édifice au coin de Nathan et Jordan. Le gardien me demande chaque fois : " *Back from DINAH* ? " Tout ça sous les caméras de surveillance. Le dimanche, mon propriétaire joue aux dominos sur une table verte. Les pierres font un bruit très spécial. Ils me demandent : " *No film today* ? " s'ils me voient sans ma caméra. C'est Fiston qui a l'ordinateur dans sa chambre. Il passe ses journées à jouer en ligne. Il y a aussi un tas de valises dans cette pièce minuscule, et deux lits superposés. Il doit la partager avec son frère. Il a toujours l'air endormi. Il ne fout rien. Sa mère nettoie toute la journée, son père regarde le sport à la télé.

« Chaque matin, je me dépêche d'aller boire mon café au bord de l'eau, près du Star Ferry. Je lis le *South China Morning Post,* que j'achète toujours de la même vieille dame qui me sourit. Il lui manque quelques dents. En me voyant, elle me tend le journal. Ensuite, je vais lire au soleil, j'aime ce journal, je lis même la section Affaires. Je m'amuse avec les petites annonces. Je les garde dans mes archives. Un jour, j'ai été tentée de répondre à un homme d'affaires canadien qui cherchait une fille aimant porter des *blue jeans… to fool around between meetings.* Je voulais voir la face de ce crétin. Mais je ne l'ai pas fait.

« Dans mon édifice, il y a une cour intérieure en réparation, des balcons sont couverts d'échafaudages en bambou. De ma fenêtre, j'observe les gens et les voitures à l'intersection. De là-haut, tout a l'air d'un jeu avec des autos miniatures *Matchbox.* Le soir, je regarde des téléromans en chinois. Un truc avec une académie de police et des adultères. Je comprends tout sans parler la langue. »

Dolorès s'arrête là. Le reste est trop privé et concerne l'avenir. Elle se le raconte donc dans sa tête. Elle voit tout en accéléré. Elle ne peut pas encore dire à son voisin ce qu'elle a vu, un jour, de sa fenêtre.

Vision du futur au onzième étage sur Nathan Road.

Je me vois dans l'avenir. Je suis à ma petite fenêtre. C'est la même intersection, sauf que l'aspect des voitures a légèrement changé. Il y a de nouveaux bus et de nouveaux bateaux. L'édifice, le gardien de nuit sont les mêmes. La foule a changé d'individus, mais elle a la même forme. L'eau, la même couleur d'acier au coucher du soleil. Je me vois ensuite sur le toit de la *Cité du port*, je suis sur le toit de ce gigantesque centre commercial du terminal des bateaux de croisière. L'eau est une promesse de liberté en acier rosé. Le soleil tombe, l'eau change de teinte, tous les touristes descendent avec leurs appareils photos, les amoureux regardent une dernière fois le paysage du pont du bateau, ils soupirent, ils se donnent un dernier baiser et débarquent aussi.

Je suis épuisée par toutes ces morts en série : Leonhardt, Fatahl, Adina. Le tout couronné par une tentative de suicide de Ion Ion. Je suis épuisée de tout en ce moment. Je crie : « Au secours ! » Mais la ville ne m'entend pas. Je vais sur les îles, chaque jour je prends le bateau, ensuite je me promène sur les plages, dans les collines vertes et parfumées.

Mr. Sunny Kam Sung Wong. Manager Director. Tung Sing Lamination Co Ltd. J'ai ta carte de visite entre les mains. Je ne te téléphone pas. Tu ne sauras jamais que je suis revenue ici. Que nous ne nous verrons jamais. Que Fatahl, dont je viens de te parler ici, est mort à la télé, dans une explosion à Jérusalem. Que je suis finalement allée en Afrique chercher mon père.

Mon nom est Sunny

Interruption de cette vision. L'hôtesse de l'air est debout et distribue des feuilles. C'est le temps des formalités. L'homme demande à Dolorès de l'aider. Elle remplit pour lui le formulaire des douanes. Il lui tend son passeport sur papier de riz et lui dit : « *By the way, my name is Sunny.* » Il lui donne sa carte de visite. En regardant l'avion vide et immobile sur la piste, Dolorès se sent légèrement enivrée. Il fait gris dans cette capitale, entre deux avions. De loin, on voit une belle femme un peu noire habillée en noir. Collée sur un gentleman aux Ray Bans.

Ils passent les douanes ensemble, comme des amoureux. Conrad, l'agent immobilier qui lui avait donné sa carte avec photo dans la file de l'enregistrement à Tokyo, jette des regards remplis de reproches à Dolorès. Qu'a-t-elle pu trouver à cet homme à la canne blanche ? Avec son Sunny, avec ce Kam Sung, elle se sent invincible, elle se sent femme. Elle le tient par le bras. Ils avancent vers la porte de transit. Une hôtesse attend Sunny et lui explique qu'il a une heure d'attente avant son prochain vol. Il offre à Dolorès un café au petit bar. Ils boivent le cappuccino en silence. Il a posé son bras sur son épaule. Elle a les larmes aux yeux, comment expliquer cette émotion ? Quand elle relève la tête, elle voit l'hôtesse qui s'approche. Vous venez, monsieur ?

Écran blanc (*Lisbonne*)

La mémoire des pas

Dolorès est légèrement troublée par sa récente intimité avec Sunny. Une ombre de mélancolie plane sur cette séparation, qui n'en est pas vraiment une. Pourtant, ce n'est rien par comparaison avec les adieux, les vrais, dont Dolorès est spécialiste. Des sentiments contradictoires la remuent, elle est dans une machine à laver.

Dolorès s'installe à la *pensão* Libertad. Elle choisit la chambre sur le coin, d'où elle peut voir le fleuve. Le soleil se couche, le ciel est rouge comme le sang. Elle sort pour prendre une *bica* non loin. Ce sont les mêmes femmes qui sont au comptoir, année après année. L'élément stable. L'une a dépassé, avec le temps, ce qu'on appelle « l'âge moyen ». Elle continue à travailler, à se faire des permanentes serrées. Ses cheveux sont teints d'une couleur entre le roux foncé et le brun indéfinissable. Les racines argentées, du côté de la raie, au milieu de la tête, sont très visibles. Le filet couvre la coiffure au complet et aplatit les boucles. Quand elle sourit, on voit sa dent en argent. Elle est très petite, son corps depuis toujours alimenté de farine. Elle se dandine en marchant avec les cafés et les sacs de plastique remplis de petits pains. Car c'est une boulangerie aussi, qui annonce du pain chaud à la journée. Une autre, plus jeune et plus foncée (est-ce une Carioca brésilienne ?) est très expéditive. Efficace. Elle fait du café très fort. Il y a aussi un tas de jeunes filles de la campagne, avec des tabliers et des filets par-dessus leurs cheveux longs attachés. Elles courent à droite et à gauche. Suivant ! Leurs voix sont aiguës. En sortant, les clients présentent au propriétaire le ticket indiquant leurs consommations (par exemple : café, *pastel*, jus d'orange frais). Il est un peu chauve, les cheveux qui lui restent sur le côté sont gris et sa moustache en brosse couvre une partie de sa bouche. Il a un ventre qui déborde. Assis sur un tabouret dans un endroit stratégique, chaque fois qu'il poinçonne, il a l'air satisfait. Le son de la caisse se traduit en euros, maintenant. Et ça, ce sont de bonnes nouvelles pour lui.

Dolorès est si contente de retrouver le Bairro Alto, quartier en haut de la colline. Ses pas la portent aveuglément au parc, d'où elle peut contempler la ville. Les lumières commencent à s'allumer. Il fait presque noir. En haut de la rue Gloria do Travesa, un homme d'affaires italien en complet bleu marine hurle dans son portable, il dit *cazzo* toutes les deux secondes en plein milieu des rails du tram. Il est un peu soûl. La scène a quelque chose de surréaliste. Il a les jambes écartées, pour avoir une meilleure base. Dolorès lui dit « *Va fan culo !* » Elle est crevée. Demain soir, elle a rendez-vous avec Thomas. Elle aura le temps d'errer seule, de retrouver ses pas dans sa ville préférée. D'aller en bateau ou de monter la Costa do Castelo, pour prendre un autre café sur la petite terrasse en écoutant de la musique du monde.

Lettres blanches et mots masqués

Dolorès s'est assise sur la bordure du mur du château. De là, elle voit sa pension comme un point rose, juste en face. Elle regarde les touristes prendre des photos, manger des sandwiches, boire de l'eau. Des couples avec enfants en bas âge s'engueulent. Trop de proximité les a tous rendus nerveux. Il y a des amoureux (en lune de miel, peut-être ?) qui portent des vêtements assortis. De vieux téméraires qui voyagent en groupe, dans cet autocar climatisé, depuis un bled d'Allemagne. D'autres, qui viennent de la France profonde, parlent fort (ils sont un peu sourds) et se moquent des Portugais.

Elle voit un Américain obèse avec un T-shirt extra-large *I love New York*, des bermudas, des chaussettes blanches (sport) et des sandales Birkenstock (comble du confort). Lui aussi, il parle fort, pas pour les mêmes raisons que le groupe d'âge d'or. L'homme tourne dans toutes les directions avec sa caméra vidéo. Il est comme un cyclope-toupie. Il ne sait plus de quel côté regarder en premier. Tout l'inspire, tout l'appelle. Sa femme mange une immense crème glacée. La bouche grande ouverte, elle lui dit, en grande réalisatrice : « *Check that, Dick.* » Vertige garanti pour ceux qui auront le malheur de se retrouver chez lui, le soir du grand récit de voyage.

Il y a aussi des religieuses qui rigolent, sans aucun doute excitées par la sensualité de cette ville. Des Japonais avec des chapeaux identiques regardent le panorama à travers l'objectif de leurs caméras haute technologie.

Dolorès regarde tout ça et décide d'écrire une carte postale à Vera.

Chère V. Je suis à Lisbonne. J'attends Thomas. Il n'est pas encore là. Je suis épuisée du retour d'Asie, de l'attente qui semble interminable. Dans l'avion, j'ai rencontré un homme aveugle. Quand j'ai dit au revoir à cet inconnu en transit, j'ai été troublée. Si l'absence de Thomas devient insupportable, elle me libère aussi. Et toi, *take care babe*, je t'embrasse, Dolorès.

Dès qu'elle a fini de tracer la dernière ligne, elle couvre méthodiquement le texte de hachures noires. Elle produit une autre de ces lettres masquées qu'elle avait l'habitude d'envoyer à Vera. Elle la met à la poste, sans se faire trop d'illusion de recevoir une réponse blanche de la part de Vera. Ce jeu a commencé lors d'un cours qu'elles avaient pris ensemble à l'université et qui les avait menées à réfléchir longuement sur la question du palimpseste. Elles avaient aussi lu dans Deleuze que la toile blanche est une surface remplie de clichés virtuels. Elles ont alors eu cette drôle d'idée : Dolorès envoyait à Vera des cartes postales remplies de mots, qu'elle effaçait aussitôt avec un gros Caran d'Ache noir. Ces cartes zébrées étaient traversées de lignes horizontales épaisses, interrompues par des blancs entre les mots. Un tableau abstrait qu'il fallait lire entre, et sous, les lignes. En retour, Vera lui répondait par des lettres complètement blanches. C'est ainsi que leur communication avait donné lieu à un échange plein de strates qui, dans l'aveuglement et le silence, laissait une grande place à l'imaginaire. Un jour, ce jeu a brusquement pris fin. Sans avertissement. Dolorès s'est doutée de quelque chose, mais comme elle ne pouvait plus lire dans le blanc des messages de l'amie disparue dans le silence total, elle a attendu.

Vera, l'esclave de l'amour

Ce n'est que des années plus tard qu'elle lui a raconté ce qui s'était vraiment passé, entre la dernière carte de Dolorès, restée sans réponse, et le jour où elle s'était réveillée du cauchemar.

Tout commence avec un homme rencontré dans un aéroport. Pendant les deux années qui suivent, Vera tourne dans un carrousel d'amour fou pour cet homme, qui s'appelle Jack, et qui réussit, malgré lui, à la sortir de son orbite. À partir de ce moment, elle vit dans la force de l'inertie, elle tourne et tourne, telle une planète désorientée autour de son nouveau soleil. Rien n'existe plus en dehors d'un univers dont les mailles rétrécissent à vue d'œil. Vera s'isole et ne voit plus personne. Elle arrête de travailler, elle ne fait qu'une chose : repasser des chemises à longueur de journée.

Une nouvelle manie vient compléter le scénario. Le rituel se répète chaque matin, elle déplace les boîtes de céréales, les conserves, les bouteilles, les sacs de farine, les confitures, les sacs de biscuits, les herbes fines qui ne servent à rien, les huiles vierges, les croustilles, les thés et les tisanes. Elle les place par ordre alphabétique, par catégorie, par couleur. Chaque état d'âme de cette femme folle d'amour se reflète dans une combinaison et une permutation du jour ou de l'heure.

La voilà en reine des robots domestiques. Elle a mis sa robe de soirée. Son corps se prolonge dans celui des autres robots, avec des prothèses en métal ou en plastique, toutes plus surprenante les unes que les autres.

Quand elle ne pense pas à Jack, elle rêve à Jelly Man, cette statuette molle (pour apprendre l'acuponcture), qu'elle tient dans sa main droite, comme le trophée aux Oscars. Une armée de machines ménagères l'attaquent, les moteurs en marche sont hors de contrôle, la laveuse déborde et inonde la cuisine, la glace du réfrigérateur fond partout, le fer à repasser est en flammes comme dans une performance de Monty Cantsin. Orages électriques du corps-machine. Elle est là, debout, avec un plateau en argent portant deux cervelles fraîches. Elle est la femme aux deux cerveaux. La reine des *snitzels* met sa robe de soirée. Les machines se donnent au maximum lors d'un concert expérimental. Entrée des marteaux et des foreuses, pour marquer le rythme un peu militaire. Les fusibles sautent, survoltés. *Blackout.* Il fait noir dans la tête de Vera. Il fait noir dans sa cuisine.

Et puis, accalmie flottante dans le brouillard. Rêveries et fantaisies *glamour*. Elle danse un slow avec le soldat qui porte du rouge à lèvres et qui protège sa cuisine avec son Kalashnihoover (c'est la seule invention hybride pour assurer l'ordre, ce mi-aspirateur, mi-arme). Elle a mis sa robe noire et ses gants blancs tachés de sang pour jouer de la flûte enchantée (un tube de métal rouillé). Ça redevient un peu intense. Elle est un chirurgien avec masque qui coud un poulet éventré. Elle est avec Jack dans un grand contenant de gelée à l'ail, plat tradition-nel de l'Est pour le jour de l'An. Ça dégénère et, dans le feu de l'action, elle plante par accident son talon haut dans l'œil de Jack. Il se fait tard. Elle re-garde la montre sans aiguilles qu'elle a nommée 9/11 (car elle l'a trouvée par terre devant la syna-gogue, ce jour de tragédie). Elle se voit en morte. Lors de la cérémonie, on l'enterre sous des boîtes en plastique Tupperware. Ensuite, plus rien. Il fait noir. Elle secoue sa tête pleine de ces images agi-tées, dans un effort pour les chasser. Ça y est. Elle est de nouveau debout.

Elle l'attend, le nez collé à la fenêtre. Vera compte les secondes, interminables, avant d'entendre le bruit de la moto de Jack. Elle sort en courant, ils se jet-tent dans les bras l'un de l'autre, il l'emmène dans ses bras jusqu'au lit, où ils font l'amour sur-le-champ, car ils s'aiment à la folie. Ensuite, ils commandent des plats à emporter, car Vera n'a rien préparé. Elle déteste cuisiner. Jack s'en fout. Ce playboy, tombé amoureux d'elle dans cet aéroport qu'il qualifie dorénavant de chanceux (*my lucky airport*), a toujours mangé dehors et n'a jamais attendu qu'une femme cuisine pour lui. Dans sa vie d'avant Jack, Vera était photographe pour un magazine féminin.

Elle vivait seule dans un immense espace en L qui semblait presque vide. Pourtant, il y avait pas mal de choses. Dans un coin caché, le lit. Au milieu, un tapis qu'elle avait ramené de Göreme. Près du mur, des livres empilés, sans étagères. Un sofa. Quelques tableaux et photos accrochés de travers. Pas mal de disques à côté du système de son couvert de poussière. L'équipement de photo semé par-ci par-là. Un écran en papier. Des lampes. Des trépieds. Elle voyageait beaucoup pour les prises de vue, elle n'arrivait pas à s'impliquer dans des relations à long terme, son travail et les amants occasionnels lui apportaient assez de satisfaction. Elle se plaisait même dans cette demi-solitude.

Vera repasse une chemise rouge vin de Jack. Sa pensée s'évade dans la vapeur du fer.

Elle est dans cet aéroport trop blanc pour être vrai. Elle s'est assise près d'une fenêtre, entourée de sacs à caméra. Le fauteuil est très confortable, presque comme un lit. Elle doit attendre quatre heures. Tout près, deux hommes discutent et fument debout. Elle les regarde à travers un rideau de fatigue. Les hommes se serrent la main, ils se séparent. Celui au nez aquilin, aux cheveux gris et aux yeux bleus reste. Elle voit tout ça, car elle se met au foyer pour l'observer. Il s'assied sur le banc à côté d'elle. Elle déplace ses sacs pour faire de la place, elle pousse sa boîte en aluminium et son trépied. L'homme sourit et, avant de s'allumer une autre cigarette, il en offre une à sa voisine. Elle accepte volontiers. Suit la conversation typique d'aéroport : « D'où venez-vous, où allez-vous ? Et vous, et vous ? » Ils se présentent : Jack. Vera. Réciproquement *enchantés*. Elle apprend qu'il est producteur et, un jour, beaucoup plus tard, il lui dira : « Tu sais, j'ai été l'amant de Charlotte Randon. » Mais ça, c'est une autre histoire. De toute façon, elle ne connaît pas cette actrice dont Jack vante la célébrité.

Une voix de femme annonce dans les haut-parleurs l'embarquement immédiat. C'est son avion. Le moment de se dire au revoir. Il part le premier, non sans avoir donné sa carte professionnelle à la femme au si beau nom, ce nom qui veut dire *vraie*. Il attend une fraction de seconde et voit bien qu'elle ne lui donne pas la sienne. Il s'envole au-dessus sa tête, il disparaît dans les nuages. Son avion à elle est en retard. Leur histoire, qui n'a même pas commencé, flotte dans le ciel. La vie continue pour chacun dans des réalités parallèles. Un jour, Vera trouve par hasard la carte de Jack au fond d'un vieux sac de caméra. Elle incorpore alors ce signe du hasard à un coup de fil spontané, entre deux voyages. Comme ça. Par amusement. Vera ignore qu'en faisant ce geste (qui fait d'ailleurs si plaisir à Jack), elle se prépare à perdre la tête pour lui. Qu'elle oubliera son jeu avec Dolorès, qu'elle oubliera qui elle est.

Jack déménage très rapidement chez elle. Il travaille à l'extérieur dans un grand bureau. Il est un des producteurs de cinéma les plus cotés de la ville, il fait sans cesse des affaires avec L.A. Quand il revient du travail, la maison sent le fer à repasser encore chaud, pendant que les dernières bulles de vapeur éclatent au plafond. Dans ce paradis de la domesticité, il manque pourtant un élément essentiel : la nourriture. Au lieu de chaudrons fumants et d'odeurs de soupe, on ne voit que des chemises d'homme suspendues dans toute la maison. Les régiments d'aliments dans le garde-manger sont prêts à être, encore une fois, déplacés sur un autre front de bataille. Devant cette scène, qui aurait alarmé n'importe qui, Jack ne dit rien, car il aime tellement Vera ! Oh Vera, *I love you baby*.

Dolorès, sans nouvelles de Vera, lui téléphone, mais l'amie ne rappelle jamais. Oh Vera, *my friend*, tu m'écrivais des lettres blanches...

Pendant ce temps, Vera continue à sophistiquer ses obsessions, de plus en plus mécanisées. Il faut aussi souligner qu'elle ne s'abandonne guère à la négligence physique. Avec son corps impeccable et ses vêtements chics, elle est la *top model* de la haute couture domestique. Elle fait des exercices devant la télé (elle suit la méthode Jane Fonda). Elle y met la même compulsion que pour le repassage et le rangement, prise dans la boucle d'un mouvement perpétuel. Tout ça sans que Jack en fasse un plat, car il aime sa Vera, sa belle esclave blanche d'amour. Jack est un homme formidable, mais quand il se rend compte du problème de Vera, il est trop tard. C'est à la suite d'une escapade regrettable avec une jeune fille de dix-neuf ans (qui séduit Jack dans un moment de faiblesse, en pleine crise de la quarantaine), que Vera voit clair, d'un coup. Sous le choc de cette découverte qui coûte si cher à Jack, Vera remercie, en secret, cette Lolita de l'avoir libérée.

L'année qui suit leur séparation, Vera développe davantage de manies et de désordres reliés à la nourriture. Il y a d'abord la phase d'une étrange cure d'amaigrissement qu'elle avait inventée : le régime *pain et beurre*. Du matin au soir, elle se fait des tartines beurrées et attend que le miracle se produise en direct, devant le miroir. Elle croit se voir fondre. Mais l'effet n'est pas à la hauteur de ses attentes. Au contraire. Elle change alors pour une méthode plus radicale : c'est le tour de la cure *crème fouettée*.

Elle en met d'abord partout, puis finit par la manger directement dans le tube. Vera ne s'aperçoit que très tard de ce qui arrive à son corps. Le jour où elle ne peut plus rentrer dans ses robes de soirée pour frotter les planchers, elle comprend un peu. Mais elle continue tout de même sur une pente de demi-folie. Pour un certain temps.

Elle décide de changer de stratégie et se tourne vers un ami cuisinier. Il travaille pour une compagnie qui fournit les repas aux compagnies aériennes. Tant mieux. Vera aime ce côté générique de la chose. Le chef lui envoie chaque semaine des repas surgelés, par la camionnette qui continue ensuite vers l'aéroport. Il fait cela gratuitement, sous la table, car Vera n'a presque plus d'argent. Dès que la nourriture arrive, elle choisit entre le poulet verdâtre, le bœuf dur comme de la roche, le poisson translucide, peut-être s'aventure-t-elle vers une salade fanée garnie d'une sauce impossible. Elle couronne le tout avec un morceau de gâteau carré couvert d'un glaçage blanc saupoudré de flocons de noix de coco.

Elle s'installe devant le miroir avec le plateau rempli de ces petits plats en plastique. Parfois, elle mange froid tellement elle a faim. Ensuite, elle vomit. Ce rythme perdure pendant plusieurs mois. Le festival de la gastronomie se voit enfin écourté par la force du destin. Une intoxication très grave la sort

de cette spirale. Vera, conduite à l'urgence de l'hô-
pital dans un état lamentable, se jure en sortant de
là de changer de régime et de vie.

La ligne rouge

Arrivée à la *pensão,* Dolorès remonte dans sa chambre
qui sent le cèdre et s'endort tout habillée, assommée par le décalage horaire et par ce souvenir de
Vera. Elle dort d'une traite pendant seize heures.
Le lendemain, c'est avec la tête gommée par la lé-
thargie du sommeil réparateur qu'elle se présente
au café *Bom Dia.* Le bar est vide. Thomas n'est toujours pas là. Débute alors l'insupportable attente,
avec les doutes qui s'accentuent au fur et à mesure
que le temps passe. Elle pense d'abord à une erreur
de date, de lieu. Elle attend encore. Les hommes,
qui commencent à arriver, la regardent. Les heures
passent. Chaque fois que s'ouvre la porte du café,
elle tressaille. Elle attend, la tête lui tourne. Non,
il est comme moi, il viendra. Elle pense à Thomas.
Elle le voit sur cette plage déserte, où elle arrive le
cœur brisé. Elle cherche le silence et Thomas est là,
silencieux. Au milieu d'une tempête de sable, les
deux solitaires tombent amoureux, sans préavis. Leur
histoire dure trois jours, comme dans les contes.
Elle part plus loin, lui il reste encore un peu dans

la chambre vide. Il regrettera ce choix. Thomas et elle se sont rencontrés le jour où Dolorès a tracé une ligne rouge sur le sable. Elle a écrit sa lettre d'adieu à Fatahl, là, sur le sable, et le vent l'a emportée. Le sable s'est aussitôt mélangé avec les fragments des mots et de la mémoire pulvérisée. Il était une fois dans le désert…

Aujourd'hui, dans ce café, elle est vraiment fâchée contre Thomas. Plutôt, contre elle-même, d'avoir cru à son rendez-vous dans la ville blanche. Et surtout, de l'avoir pris au sérieux lorsqu'il a dit : « Je suis comme toi. » Comment peux-tu dire une chose pareille, hein, Thomas ? Tu es le seul témoin de ma ligne rouge, de celle que j'ai dessinée sur la plage d'un désert entouré de montagnes violettes et de sable ocre. La ligne de la fin est une ligne rouge qui traverse l'espace, le temps et qui dit : Tu as été. Tu seras. Tu es.

Antonio (ils sont tous les neveux de Cesaria Evora)

L'homme qui travaille au bar lui prépare son quatrième café (elle commence à avoir des palpitations). Il a la tête presque rasée, un T-shirt orange branché, qui se découpe sur sa peau noire, sur ses pantalons noirs serrés, sur ses belles fesses musclées. Il bouge avec grâce. Sans poser de questions, il sourit avec des sous-entendus. A-t-il deviné son désarroi ? Dolorès lui demande s'il vient de São Tomé. Il dit : « Non, je suis de São Vicente. » « Ah ! Comme Cesaria Evora. » « Oui, c'est ma tante. » Mais Dolorès n'aime pas trop la diva aux pieds nus, elle s'en fout s'il a juste dit ça pour l'impressionner. Dolorès regarde l'heure et décide de s'en aller. Elle dit au revoir au neveu de Cesaria, il sourit et dit : « *See you soon.* »

Elle se lève enfin, elle a du plomb dans les jambes, Thomas n'est pas là, elle comprend qu'il ne viendra pas. Elle se dirige vers le bar pour payer. Elle quitte l'établissement en tremblant, elle ne regarde pas derrière elle, elle reviendra à la même heure demain. Elle passe sous les lampions du Bairro Alto, dans les ruelles remplies de restaurants. Des mélodies de fado émergent des clubs chaque fois que l'homme en costume noir ouvre la porte pour un nouveau client. À la maison, malgré la quantité de café ingurgité, elle se recouche et se noie dans des sentiments et des rêves confus.

Le lendemain, elle comprend qu'il ne lui reste que l'espoir de rencontrer Thomas par hasard. Elle le cherche, sans vraiment le chercher officiellement, dans les rues de Lisbonne. Elle le voit partout, dans le tram 28, au bord de l'eau, en file pour acheter les billets au débarcadère de Cacilhas.

Qu'a-t-il bien pu arriver à Thomas ? Quand elle a appelé son père dont elle avait le numéro, celui-ci lui a dit sur un ton sec : « Il n'habite plus chez moi. Laissez-moi votre numéro. S'il me contacte, je lui ferai le message. » Un au revoir très froid et il avait raccroché. Fin du coup de fil d'espoir. Communication coupée, brisée. Voilà compromis son seul lien indirect avec Thomas. Ce monsieur flegmatique a ainsi posé la dernière brique d'un mur insurmontable entre elle et Thomas. Dolorès pense que quelque chose ne tourne pas rond. Ou bien il n'a jamais fait le message, ou bien Thomas s'est perdu dans le paysage. Ou bien, quoi ?

Thomas vit à Londres. Il a une passion pour le rugby et entretient une drôle de relation avec une fille anorexique. Il est un peu accro à elle. Il la regarde pendant des heures lorsqu'elle bouge devant le miroir pour étudier chaque millimètre de son corps. C'est l'histoire hors-cadre de Thomas. Lui et Dolorès s'aiment à distance et se voient quand ils le peuvent. Ils s'appellent, parfois ils font l'amour au téléphone, au moins ils essayent, car chaque fois cela se termine dans un fou rire. En attendant impatiemment les rendez-vous transatlantiques, ils communiquent par mots. C'est probablement Dolorès qui est la plus amoureuse. C'est une histoire étrange, mais c'est arrivé comme ça.

Le bom *café, la clé du bonheur*

L'homme noir de l'autre jour enlève le carton qui porte le mot FECHADO inscrit sous une tête dessinée. Une ligne en guise de moustache borde la bouche en demi-cercle. Quand la bouche est à l'envers, comme c'était le cas, c'est fermé. L'homme en carton et celui du bar sont maintenant disposés à la recevoir. Dolorès est frappée par la blancheur des dents du barman mise en évidence par un sourire épanoui jusqu'aux oreilles. Elle remarque que même ses yeux rient. Une femme entre et fait une bise un peu mouillée au barman. D'autres gens arrivent et prennent place. Le café s'anime. Un couple enlacé s'embrasse devant tout le monde comme s'ils étaient seuls, une dame aborde avec héroïsme son immense pointe de gâteau au fromage, un barbu lit *The Economist* en sirotant un espresso. Elle pense à sa détresse : elle doit vraiment paraître.

L'homme de São Vicente lui sert un autre café et lui demande son nom. À son tour, il se présente : Antonio. Hier, il avait oublié. La question inévitable : « *Where do you come from ?* » aussitôt abordée, elle lui répond, sur pilote automatique : « J'habite à New York, mais je suis née à Bucarest d'un père noir et d'une mère blanche. Là, j'arrive du Japon. » L'homme est soudainement trop occupé. Il court avec ses cafés qui débordent. Peut-être a-t-il déjà compris que celui qu'attend la jeune femme ne viendra pas.

Il est très curieux. Quand il revient lui parler, il demande si elle a un mari, des enfants. Le visage de Dolorès change de lumière. En pesant sur le mauvais bouton avec sa question, Antonio touche droit au cœur le drame de Dolorès. Un bébé mort-né. Le premier et le dernier. Elle éclate en sanglots. Elle ne peut plus s'arrêter. Le barrage s'écroule, elle a l'impression que ses larmes inondent le café, tout ces meubles branchés en métal se couvrent d'eau salée, les tables, les chaises, le comptoir, tout est en train de rouiller, puis de tomber au fond de ce lac de larmes. Antonio est désolé. C'est un dialogue fracturé. Il faut servir un client rouquin brûlé par le soleil et qui s'impatiente. Dolorès n'aime pas les conversations interrompues, ça lui rappelle trop Fatahl, lorsqu'il lui téléphonait de nulle part et que la communication se coupait.

Deux filles blondes avec des sacs à dos entrent dans le café. Elles parlent dans une langue de neige. Antonio quitte temporairement Dolorès. Il sert les deux poupées.

Dolorès se sent observée, ses yeux doivent être gonflés, elle les sent gros comme deux mangues. Elle a l'impression que si elle sortait à ce moment précis, la ville entière pourrait lire son drame sur son visage ravagé. Son cœur gros comme un cantaloup éclatera en mille morceaux en plein milieu de Rossiu. Ses pensées qui flottent dans sa tête transparente seront visibles à tous.

Soudainement, elle perçoit toute l'Asie dans son corps, l'Asie lui pèse, elle pèse une tonne d'Asie. L'absence de Thomas. Son silence. Ce vide l'écrase. Ce doit être l'effet du décalage horaire, du décalage d'amour entre deux hommes, ou est-ce sa phobie de l'abandon ? Amoureuse de Thomas après trois jours. Des années d'amour avec Fatahl. Pourtant, elle pense aux deux avec la même intensité. Sentiments et gestes sans logique dans des temps compressés ou dilatés. Comment expliquer les juxtapositions et les superpositions amoureuses, sinon par la catastrophe ?

Son corps a manqué d'électricité à Tokyo, la ville lumière, ville néon. L'épicentre de son corps a été ébranlé par un double tremblement de terre, qui a fini dans une perte de soi. Ce corps courait, il voulait sortir du souterrain, sortir du trou noir pour s'envoler. Corps-vitesse, corps-machine. *Blackout*. Ensuite, la tension reprend, fluctuante. Pour retomber dans la ville blanche. Dolorès est crevée, elle a mal au corps, mal au cœur. Elle avance péniblement, avec ce corps lourd de tout, et tombe dans les trous que les pas de Fatahl ont laissés comme les empreintes des premiers astronautes sur la lune.

À la pension, elle est intriguée par cette mère, dont le regard est de plus en plus putanesque quand elle descend au petit-déjeuner, accompagnée de son fils. Il est plein de boutons et sa moustache commence à peine à pousser. Elle arbore un air satisfait. Couchent-ils ensemble ? On n'entend pas leur orgasme de honte. Au même moment, la ville entière explose. Dolorès est en haut du château, elle entend le cri collectif de toute la ville, les Portugais ont gagné le match de soccer, 3 à 0. Dans la rue, ça sent les *churros* et l'huile. Des sardines sur le crochet attendent d'être dévorées, dans le bruit d'assiettes, de tasses. Cling cling. Plus haut, les femmes prient en chœur devant la Madonna de Graça.

Sur la terrasse du café où a lieu cette scène pénible, cette terrasse qui donne sur Alfama, les caméras sont braquées. Les gens photographient la ville, tous à partir des mêmes angles. Ils enlèvent une pellicule de l'âme aux mêmes édifices et monuments, qui se dépose sur leur pellicule dans l'appareil. Ils enlèvent leur lumière, leur vie dans l'agonie. Elle pense qu'ils enlèvent, chaque fois, une strate, un morceau. Comme une épilation à la cire. Bientôt, il ne restera rien du corps de la ville blanche. On lui enlèvera la vie. Elle deviendra vide, transparente, avant de disparaître complètement. Ce sera l'ultime catastrophe.

Désastre annoncé

Elle pense : « J'ai avalé la ville blanche. J'ai commencé façade par façade, rue par rue, parc par parc. J'ai procédé par couleurs : les façades roses, vertes, jaunes, bleues. J'ai mangé les toits, tous les cubes d'asphalte, j'ai aspiré le ciel rouge. À la fin du festin, j'ai bu le Tage au complet. J'avais soif après avoir ingurgité tant de farine, à m'être gavée de briques, de plâtre, de ciment, d'asphalte, de poussière. On a dû interdire la navigation sur le fleuve. Plus d'eau pour traverser. Le pont était bouché. » Elle regarde le bassin vide de la rivière, elle se sent coupable de cette catastrophe écologique. Il y a encore pas mal de coquilles, de carcasses de poissons, de restes sans forme. Tout cet amalgame pue très fort dans la boue gluante. Il faudra laver le lit du fleuve. Mais on manque de fonds. Alors, tout continue à pourrir. Il y a aussi ce projet qui coûte trop cher, on voudrait remettre de l'eau propre. Elle pense. « Je mange les villes que j'aime, je bois l'eau de leurs rivières pour me rincer la bouche. Fatahl creuse des trous avec ses pas gourmands, il gruge la terre de plus en plus, comme la mer gruge le sable du littoral.

« Un jour, j'appellerai chez toi : *il n'y a pas d'abonné au numéro que vous avez composé*, dira la voix-robot. Tu mourras dans les flammes d'une bombe. Tes cendres légères se déposeront d'abord là, au milieu de cette foule affolée sur Ben Yehuda. Le vent les portera ensuite aux quatre coins du monde. Moi, je laverai le filtre noir qui se déposera sur la terre entière pour t'oublier un peu.

Elle a dit : basta !

Elle retrouve dans son carnet ces lignes écrites de l'abîme : « Trou dans mon âme. Trou dans le sable. L'eau s'infiltre jusqu'à mon âme par les vases communicants. Le sang coule de mon corps. Je suis rouge de sang, salée de mer et de larmes, le corps râpé par le sable. Corps humide qui se traîne jusqu'au trou noir qui relie toutes les mers de larmes du monde. Il faut creuser dans le sable pour se rendre compte de l'immensité du malheur collectif.

« Le corps passe dans le texte, tel quel, broyé, gonflé, découpé, tremblant, brûlé, compressé, dilaté, étouffé, sans oxygène, pressé, sans souffle, tordu, boursouflé, asséché, ridé, plein de boutons dont on ignore la nature, décapité, amputé, paralysé. »

Dolorès s'allonge ensuite sur ce lit d'où elle voit en stéréoscopie le Tage d'un côté et la ville de l'autre. Elle a l'impression que les voitures entrent dans son sexe. Il fait chaud dans la chambre, dans cet après-midi de canicule. Elle s'écroule, épuisée. Et puis, plus rien. Il fait noir.

Dans son rêve, Dolorès désinfecte la ville avec un produit industriel. Elle trempe la brosse en acier dans un seau en aluminium rempli d'eau savonneuse, comme dans le vieux pays. Ensuite, elle lave compulsivement les trottoirs, carré par carré. Les gestes sont les mêmes que dans une performance de Marina Abramovic. Elle frotte, encore et encore, ça fait de la mousse brune. Elle nettoie des traces de pas boueuses. Elle fait fondre le sel des larmes asséchées dans les fentes du trottoir. La ville est de nouveau blanche. Dolorès respire l'air qui sent le savon.

Robe rouge sur fond bleu électrique

Il fait noir quand elle se réveille de ce noir, qui se remplit peu à peu d'images. Elle regarde l'heure sur cette copie de montre de poche commémorative (1997). C'est une montre de policier. Elle l'a achetée à Hong-Kong. Elle ne voit rien, les chiffres, normalement phosphorescents, sont illisibles. La tête lui éclate. Elle se rappelle du rendez-vous d'Antonio, elle est moins sûre de vouloir y aller. De plus, cette migraine la tue. La douche, prise dans cette salle de bain commune mais très classe, la sort de cette mélasse corporelle et mentale.

Sur le coup d'une reprise des sens, et pour la première fois en trois jours, elle a envie d'être belle, mais ses yeux sont gonflés de sommeil et de larmes. Elle met une robe rouge, du rouge à lèvres et sort de son cocon, tel un poussin d'un œuf de Pâques. Elle regarde sa montre. Neuf heures et quart. Antonio a dit : après dix heures. Elle s'assied sur le banc dans le parc à côté. Un clochard sans dents lui dit quelque chose d'incompréhensible. La ville brille à ses pieds. Le temps passe avec une lenteur insupportable. Quand elle arrive devant le café, elle le voit à travers la vitre. Il parle à une autre femme au T-shirt orange, noire elle aussi. Ils rigolent. Dolorès est un peu jalouse de leur intimité, sans avoir de raison valable.

Antonio se dirige vers la porte, sans se rendre compte que Dolorès est là, devant la vitre du café. Il remet le signe avec la tête en carton. Il la voit ; content qu'elle soit venue, il la laisse entrer, malgré le signe. La femme noire a changé de T-shirt, elle dit *ciao !* sans regarder Dolorès et sort. Le bar est plongé dans la noirceur. Antonio allume une bougie, prépare deux verres mystérieux. Il invite Dolorès à prendre place sur un tabouret du bar.

La chaleur des îles qu'Antonio dégage lui fait du bien. Elle a l'impression qu'elle le connaît depuis toujours, cet ange noir. Ils parlent à voix basse. On entend à peine les mots qui ressortent au hasard de ce demi-silence. Le temps est très lent, en flottement. Antonio est si beau avec la chemise bleu électrique qu'il porte maintenant. Il s'est parfumé, il a dû se rafraîchir un peu dans les toilettes.

Les incontournables

Ils descendent la côte de Cais do Sodré. Ils arrivent près de l'eau. En pleine carte postale. S'ils étaient venus plus tôt, l'arrière-plan aurait été d'un rouge vif avec des taches orangées et bleutées. Des accents aigus et métalliques auraient marqué ce ciel ensanglanté avant que les teintes ne bavent. Ce paysage est à présent couvert d'un bleu foncé éclairé par un immense phare jaune. Si Dolorès et Antonio ont raté ce coucher de soleil mémorable, ils entrent dans un cadre tout aussi valable et rassurant. La pleine lune les attend. De grâce, pas de violons, ni de fado. Plutôt quelque chose qui rime avec cette photogénie romantique détournée par la force des vents et des nuages qui balayent ce ciel unique.

Du tram pour Belém, ils sont descendus tout droit à la Fabrica de Pasteis. Dolorès sort un premier gâteau de la boîte hexagonale en carton. Elle se brûle la bouche avec ce *pastel de nata*, que les gens achètent dans la panique de leurs papilles gustatives en alerte. Le chocolat en poudre et la vanille sur les gâteaux la font éternuer. Tout près, les plateaux de pâtisseries sortent à une vitesse record. Ils vont directement dans les bouches qui salivent en file, devant le comptoir, bouches qui se brûlent ensuite dans l'impatience. Tout cela sur fond d'*azulejos*. Les murs sont couverts de ces scènes sur tuiles bleues. Les serveurs affolés courent en se faufilant entre les tables, avec d'immenses plateaux fumants. Le rythme rapide du son de cloche de la caisse indique la vitesse et le succès de cette opération gratifiante.

Un dernier *pastel*. Dolorès et Antonio se dirigent vers le ferry. Ils se précipitent ensuite avec le groupe de passagers pressés dans le bus pour Costa de Caparica. Les kiosques à *churros* chauds sont fermés. Mais elle sent l'odeur de friture dans sa mémoire. Elle se rappelle le jour où elle s'est empiffrée de ces longs beignets frisés et frits dans l'huile, saupoudrés de sucre. C'était la fois où elle avait mangé la ville. Les *churros* se collaient sur sa gorge, l'huile lui laissait en bouche un goût prononcé, quel mauvais souvenir.

La mer, enfin. Le vent est fort, la plage déserte. Quelques amoureux téméraires. Dolorès aspire avec avidité cet air salé. Ses pensées s'envolent. Dolorès et Antonio marchent d'abord en silence. Elle aime ce silence à deux. Le vent est fort, il agit comme un rideau sonore sur les deux promeneurs.

Ils marchent des kilomètres, Dolorès lui parle de l'Est où elle est née, de l'autre Est où elle va chercher son père, en Afrique. Elle lui parle de la mer Noire, de la mer Rouge, ce sont les mers de ses deux parents. Antonio l'écoute.

De loin, on voit le mouvement de la tête et des mains de Dolorès (tout le monde lui dit qu'elle parle avec les mains comme une Italienne. Lui a-t-elle raconté Bucarest ? Le père noir disparu ? Le père juif qui l'a élevée ? Sa mère, qui avait tellement pleuré à l'accouchement qu'elle avait nommée Dolorès cette enfant de l'amour fou, cette mulâtresse aux yeux parfois verts, parfois bleus ? Lui a-t-elle dit qu'elle avait l'idée de chercher son père après la mort de Leonhardt, devant le vide qu'il a soudainement laissé ?

Elle se sent bien avec ce Noir, à côté de lui. Elle voudrait être noire aussi, sans complexes. À deux reprises, elle a tenté d'enlever sa couleur avec une crème. La première fois, elle était adolescente et elle était retournée étudier à Bucarest. L'autre fois, c'était plus tard, à New York, en voyant Michael Jackson. Aujourd'hui, elle aurait enfin la force de dire « *Je suis noire* ». Mais elle ne l'est pas tout à fait. Devant Antonio, elle a le complexe inverse, de ne pas être comme lui, entièrement noire.

Antonio lui parle de sa famille, de sa mère qui a nommé tous ses enfants comme les îles de l'archipel : Brava, Lucia, Nicolau, Antão (c'est lui), Fogo, Vicente, Sal. Il lui raconte comment les cheveux de la mère ont blanchi soudainement lorsque Nicolau est mort noyé à quatre ans. De Brava, sa sœur qui vit à Amsterdam avec un propriétaire de supermarché. De ses cousins, qui rêvent de retourner au Cap-Vert. Il ne peut plus s'arrêter, on dirait. Dolorès se laisse guider par la voix d'Antonio, absorbée dans ce labyrinthe d'images et d'histoires ramifiées. Elle décide d'aller jusqu'au bout.

Il ne faut jamais tourner la tête

Dans les airs de nouveau. Destination : Sal. Elle voit la ville blanche s'éloigner, l'eau se retirer du cadre du hublot, Antonio, un point minuscule, ensuite rien. Le ciel est bleu, les nuages flottent sur fond sonore de moteurs, l'hôtesse de l'air est un homme à tablier : un mulâtre, son frère enfin, il est comme elle. Mais l'homme déguisé en ménagère n'est pas tout à fait comme elle, qui déteste les tabliers. Il est lent, il exaspère les passagers perdus dans l'immense avion vide. Dolorès se couche sur le banc. Elle s'endort, il fait noir dans sa tête. Des images font surface.

Elle voit Antonio qui sourit de toutes ses dents blanches. La scène est au ralenti. Au moment où il s'approche, Dolorès ouvre les yeux et l'homme en tablier, en géant, lui demande si elle veut du poisson ou une *feijoada*. Trois heures plus tard, un poisson dans le ventre et après quelques rêves interrompus dont elle ne se rappelle plus rien, l'avion atterrit au Cap-Vert.

Écran rose bonbon
(*Mindelo*)

Chère Vera,

« Je t'écris du haut d'une colline de Mindelo. Je vois les bateaux minuscules. J'entends les sons de la ville. Je peux enfin respirer. Le temps est suspendu. Il m'appartient. J'espère que tu vas bien et que tu as recommencé à faire de la photo. Je suis sans caméra et je trouve ça génial. Mais toi, prends des photos là-bas, tu es dans une situation différente. Je me sens libre et légère. J'ai commencé à prendre des notes pour un nouveau projet. Je pense parfois à mon film sur Valentina T. Le hasard fait que j'habite dans une pension portant son nom. Je me sens inspirée, je retrouve le silence dont j'avais tant besoin. J'aime me perdre dans des promenades et dans mes pensées, sans but et sans fin.

« Je suis arrivée sur l'île de São Vicente en pleine nuit, avec les musiciens italiens d'un groupe pop de deuxième ordre. À l'aéroport, ils faisaient les stars, ils chantaient des copies de tubes anglais et jouaient de la guitare. Mais ils étaient sympathiques avec moi. Ils m'ont ramenée dans la camionnette de l'hôtel où ils allaient faire de l'animation. L'autre soir, je les ai entendus jusque dans ma chambre. Des copies de grands succès, des pots-pourris.

« Ils m'ont déposée devant l'hôtel bleu turquoise où ils jouaient pendant trois soirs. Moi, j'ai pris un taxi. On a bien tourné en rond, sans trouver la pension. Pourtant, ils la connaissent tous, la Valentina, c'est ce que j'ai découvert plus tard. Ce chauffeur de taxi, il n'avait forcément pas d'intérêt à ce que je la trouve. J'ai fini au dernier étage, sous le toit de la pension Chave d'Ouro. Il était 4 heures du matin. Un homme endormi m'a donné une *clé d'or*, en métal plié. Le vent soufflait, j'avais l'impression que les murs en carton allaient s'envoler. Un couple d'occasion émettait des bruits de circonstance. Ils sont partis à l'aube. Moi, j'ai passé ce qui restait de cette nuit de cauchemar habillée sur un lit taché et puant encore l'intimité d'un autre couple. Je n'avais pas le choix. Le matin, je ne trouvais plus la clé. J'ai finalement réussi à sortir de cet enfer. J'ai pris mon sac, je suis partie à pied. Le bar Argentina était vide. J'ai trouvé Valentina. J'ai déposé mes bagages dans ma nouvelle chambre. J'ai pris une douche et un café.

« De la fenêtre de la terrasse où je déjeune, je vois la mer et les montagnes. La jeune fille de la patronne m'apporte tout sur un vieux plateau en métal aux contours baroques. La clé d'or était dans mon sac et je l'ai gardée. Ils sont tous très gentils. J'ai même dû remettre à sa place le fils, un peu trop gentil. Il se croit déjà irrésistible. Il a dix-huit ans. Il m'a dit : " *Iu are biutiful.* " Il voulait que j'aille danser avec lui dès le premier soir. Il a mis des lunettes rouges, pseudo techno (en plastique) pour me séduire.

« Je suis ensuite partie voir la Praia Laginha, la plage en ville. Son sable blanc est noirci par les cendres volcaniques et l'eau turquoise n'inspire pas trop confiance, malgré sa belle apparence. La proximité de la fabrique de conserves est douteuse. Sur le mur longeant la plage, une immense affiche présente un homme musclé qui porte des caleçons avec le drapeau américain. Ce cul américanisé est celui de la nouvelle génération du *flexao Mindelo* qu'on annonce fièrement. Comme pour les sandales *Birkenstock* dans une vitrine de Lisbonne, le nouveau modèle de slip que portent les jeunes de la publicité est aussi dangereux. Si la guerre éclate, on verra d'un satellite ennemi tous ces drapeaux imprimés sur sandales et tissus. Et paf ! Les culs et les pieds exploseront sous le feu de ceux qui aiment peu l'Amérique. J'ai même vu un type avec un foulard en drapeau américain. Les motifs bleu et rouge feront, de lui aussi, une cible. Cette fois, on lui tirera dans la tête, pas dans les pieds, ni dans le cul.

« La pension est proche du Palais du Gouverneur. L'après-midi, je vais près de l'eau, là où sont alignées les plus belles maisons coloniales roses, bleues, jaunes. Je me laisse porter par mes pas. Dérives qui suivent le contour des collines. Dérives au bord de l'eau. En périphérie, là où il n'y a plus de pavage. Dérives dans ma tête. Mauvais cafés, hélas. Regard qui s'égare sur la ligne d'horizon. Ciel bleu et mer bleue, séparés par cette ligne qu'on ne peut pas attraper. Regard qui balaye les belles façades aux couleurs de pastilles fondantes. Regard qui s'accroche sur les maisons plus modestes ou récentes, ocres. Regard qui cherche même la maison de Cesaria Evora. On me dit qu'elle n'est presque jamais là. Je cherche en vain la maison de la chanteuse.

« Le palais est orné d'un peu de crème fouettée, le reste est rose bonbon. Un vrai gâteau de mariage. Du café Lisboa (on dit dans le guide que c'est le rendez-vous des artistes de la ville), on entend la voix de Cesaria. *Sodade*. Évidemment. Le café est vide. Le proprio, un ancien joueur de foot, est là, seul. Sa machine à espresso est brisée. Il vend du café dans un thermos. Pas question d'accepter cette hérésie. Je continue ma promenade, sans caféine. Les artistes sont cachés, ils ont mieux à faire que d'amuser les touristes, eux-mêmes peu nombreux.

« Juste en face de l'usine de poisson, des adolescents se baignaient nus. En haut, devant le précipice qui donne sur le port, j'ai appris que la villa bleue la plus splendide de la ville appartient au patron chinois de cette usine. J'ai longé la plage tachée de noir, ensuite je suis allée dans le port.

« Les marins d'un bateau japonais attendent sur le pont. Les représentants des autorités locales et le capitaine s'occupent des formalités douanières. Je n'ai jamais su ce que le bateau transportait. Des Russes m'ont ramenée sur le quai dans leur Jeep. Ils dégageaient déjà une puissante odeur de vodka. Prêts pour la fête.

« Je suis montée près des ruines d'une ancienne prison. Des chiens errants aboyaient fort à l'intérieur. Il fallait passer par des coins qui puaient la pisse pour pouvoir accéder à l'autre côté. C'est ici le point le plus haut. La vue panoramique est à couper le souffle. C'est ici que j'aurais voulu avoir une caméra. Pour prendre juste une photo. LA photo. Mais c'est peut-être mieux comme ça. Je suis restée assise sur une roche, j'ai contemplé avec avidité le paysage. J'ai imprimé l'image dans ma tête. J'avais envie de m'envoler. J'ai respiré cet air si pur. J'ai fixé la ville pendant un bon moment. Ensuite, j'ai fixé la mer et les montagnes. Le vent était très fort, il a nettoyé l'intérieur de ma tête. Les pensées qui en sortaient par flots m'ont donné mal au crâne.

« Ce matin, je suis partie dans la direction opposée au port. J'ai traversé un chantier qui bordait l'eau. Un voilier blanc s'approchait du quai. Des marins très noirs faisaient des manœuvres maladroites. En haut, le capitaine, qui devait être le propriétaire, râlait sans cesse en les insultant. Ce gros et antipathique Français, la quintessence de l'arrogance coloniale, on le trouvera, un jour de révolte, empalé sur la clôture de la fabrique de sardines, devant le quai.

« Les hommes descendent, un par un. Le mulâtre est le dernier. Il est plus âgé. Je lui dis : " Il est vraiment con, votre patron. " L'homme, sous les regards curieux des autres, commence à me parler. Les plus jeunes s'en vont. Nous restons là, à discuter de tout et de rien. Ensuite de musique. Il me dit qu'il connaît Vasco Martins personnellement. Et que si je voulais, il me montrerait la ville. Je me demande si lui aussi est le neveu de Cesaria Evora. Je lui dis que j'aime me promener seule. C'est moi qui lui demande : " Vous êtes marié ? " Il dit que oui, mais que sa femme vit ailleurs avec leurs deux enfants. Le coup classique. Soudainement, je n'ai plus envie de tout ce cirque. L'homme semble avoir gardé espoir lorsqu'il me dit : " Revenez nous voir. "

« L'après-midi, j'entends les garçons jouer au soccer dans la cour de l'école voisine. Le soir, je vais manger dans une pizzeria dont les propriétaires sont français. Le personnel aussi parle français. Ce sont surtout des filles, qui parlent à moitié créole entre elles. Elles portent des T-shirts de camouflage et des casquettes assorties. Parfois, des groupes de jeunes riches arrivent et boivent du *punch*. Ils parlent dans leurs téléphones portables, ils parlent fort, ils prennent toute la place. Un père Français oblige sa fille à finir une pizza beaucoup trop grosse pour elle. Il la punit, car la petite refuse, elle est toute rouge, elle va vomir si elle prend une bouchée de plus. Mais le papa chauve n'a rien compris, j'ai envie de lui enfoncer mon poing dans la gueule et de libérer la petite. Il y a d'autres enfants blancs. Les fillettes blondes, pleines d'énergie, viennent me voir. Elles me disent qu'elle vivent à Dakar. Elles sautillent, elles sont à l'aise en Afrique, car elles y sont nées. Gloria me sert une pizza à la pâte fine. Elle me parle en français, ensuite en italien. Elle est très jeune et jolie. Elle a de l'ambition. Avec les langues qu'elle parle, elle bougera d'ici, de ce drôle d'endroit.

« Je reviens chez moi. J'entends de la musique forte et des voix. Il y a une autre école en face et devant, il y a un parc. Je redescends. Sur la grande façade, un grand écriteau en lettres rouges annonce : *Homenagem a Djay*. Je vois un groupe de personnes que tout le monde salue. L'homme est blanc, la femme est noire, très belle et élégante. Il y a des enfants mulâtres, d'autres sont noirs. Des femmes se placent en cercle autour de la femme du Blanc, elles l'embrassent. Je comprends que ce sont des retrouvailles. Qu'elle doit vivre comme tant d'autres, comme la sœur d'Antonio aussi, à l'étranger. Qu'elle est heureuse de retrouver ses amies d'enfance. Son mari blanc bouge maladroitement ses hanches aux rythmes de la musique. Il a l'air content d'être là, très à l'aise dans tout ça. Il est heureux parmi les amies d'école de sa femme qui forment un cercle autour d'eux. Elle se sont faites belles.

« La femme se tourne vers moi. Elle me raconte alors l'histoire de Djay, son petit frère musicien Jaïr, mort dans son sommeil à vingt ans. Cet hommage est pour lui. Leur mère est partie avant le spectacle. Elle ne supporte pas d'affronter ça. La jeune femme de tout à l'heure me dit qu'ils vivent à Paris. Mais qu'ils pensent revenir ici, à Paris les gens sont froids, pas comme ici, et il y a de plus en plus de racisme là-bas. Son mari adore l'île. Sa famille adore le mari. Le spectacle commence. Elle a les larmes aux yeux, moi aussi.

« Dimanche, je suis entrée dans plusieurs églises. Dans l'une d'elles, les gens dansaient une sorte de rock en plein milieu de l'allée. Quelqu'un m'a fait signe d'entrer. Le prêtre scandait des vers de la Bible, il chantait, il prêchait. Il y avait même des guitares électriques. Toutes les hanches ondulaient devant ce Dieu qui leur permet de danser dans l'église. La ville entière était en musique. J'ai failli me convertir à toutes ces religions parallèles, *rock'n roll*.

« Je suis allée à Ponta Flamengos. C'est dorénavant le lieu historique de mon évanouissement sous la vague noire. Là, j'ai revécu l'angoisse de me noyer. La vague est arrivée trop vite, elle m'a aspirée comme quand j'étais petite à la mer Noire. Vortex, noirceur, j'ai senti que je perdais le souffle, je tournais dans tous les sens. J'étais la prisonnière des ténèbres. J'ai eu peur de ne plus remonter à la surface, que mes poumons me lâchent, j'ai eu peur de claquer là, qu'on trouve mon corps sur cette plage sauvage. Mais je me suis débattue et j'ai gagné, j'ai sorti la tête, j'ai respiré. Je me suis fait traîner par la fin de la vague. Je me suis écroulée sur le sable mouillé. J'ai vu des étoiles vertes. Ensuite, j'ai plongé dans le noir. Je commence à en avoir l'habitude… Quand j'ai à nouveau ouvert les yeux, j'ai d'abord vu l'image embrouillée d'une famille qui s'installait pour manger. Retour de la vision de plus en plus claire. Le père voulait se baigner, il est passé à côté de mon corps allongé, il m'a demandé : " Ça va ? " Ses enfants s'énervaient autour, ça faisait du bien de voir des signes de vie. J'ai souri, il a compris que j'allais bien.

« Un autre jour, je suis partie pour Baia das Gatas. Je n'aimais pas cette pataugeuse, alors j'ai continué à pied vers Norte Baia. J'ai vu la mer d'un point magnifique. Plus loin, il y avait des dunes noires de roche et de lave. C'était très dramatique et sauvage.

Ensuite, je suis montée plus haut sur le volcan. Il y avait un village avec trois maisons. Devant l'une d'elles, un homme en chaise roulante et un autre plutôt gros et vieux m'ont invitée à manger une *fei-joada*, des haricots avec du chou et de la sauce. J'ai dit "non merci" et j'ai continué à redescendre de l'autre côté de la colline, vers la route.

« J'ai traversé un désert interminable et, du coin de l'œil, j'ai vu des garçons soûls qui ont commencé à courir, à partir d'une autre route, vers moi. J'ai jugé qu'il fallait que j'arrive au plus vite à la route asphaltée. Je n'ai jamais couru comme ça de ma vie. Une voiture s'est enfin arrêtée. Je suis montée sans regarder derrière. J'entendais les garçons crier et j'ai compris que je l'avais échappé belle. Dans l'auto, l'ambiance était assez trouble, ça sentait l'alcool. Il n'y avait que des hommes et ils ont vite proposé qu'on aille boire du *punch* ensemble. Je souhaitais qu'on arrive au plus vite. Une fois en périphérie de la ville, dès que j'ai vu des gens, je suis descendue. "C'est là-bas" (*ala*), j'ai dit, et j'ai été surprise qu'ils me laissent aller. J'ai encore des sueurs froides quand je pense à cette excursion.

« Dans deux jours, je reprendrai l'avion. J'aime l'aéroport de São Pedro. On a l'impression de sortir de la mer avec notre avion-baleine. »

Dolorès a fini d'écrire sa lettre dans le cahier d'écolier qu'elle avait acheté le jour de son arrivée.

Elle pose le Bic bleu sur la table et feuillette le cahier une dernière fois avant d'arracher les pages pour Vera. Sans se rendre compte, elle en a accumulé pas mal. Elle relit la lettre et trouve que ça sonne trop comme un journal intime. Elle ferme le cahier. Sa décision est prise. Ne pas envoyer ce récit de voyage en pièces détachées. Les mots resteront là, sans jamais quitter la ville rose bonbon par la poste.

La mort en direct

L'oracle marin de Santa Maria :

L'histoire qui suit est encore ensevelie dans les vagues que regardera Dolorès, à Sal, sur la plage de Santa Maria. Elle jette à l'eau des images encombrantes de sa mémoire dont elle veut se débarrasser. Le passé disparaît temporairement au fond des mers qui communiquent. Quelques débris refont surface, pour être aussitôt enlevés par la mer. En se retirant, les vagues annoncent un avenir en rouge et noir.

CNN NEWS

Il est mort aux nouvelles. Dolorès ne l'apprend pas par les voies habituelles : par quelqu'un, par téléphone, dans la rue ou par lettre, mais en ouvrant la télé. Elle voit, d'abord en médaillon, la photo de

Fatahl. L'annonceur donne des détails sur la disparition, en devoir, du journaliste Fatahl Bergman (il portait le nom de sa mère suédoise), tué par la deuxième bombe qui a explosé au milieu du carnage qu'il filmait. C'est une photo que Dolorès avait prise, la seule. Comment s'est-elle retrouvée dans les médias ? Dolorès regarde avec ahurissement les images de cette mort en direct. On voit la caméra tomber, on entend Fatahl gémir, ensuite plus rien. L'image est fixe, de biais, on voit des pieds qui s'approchent. La poussière et la fumée bloquent l'objectif et freinent ainsi cette pornographie de l'horreur médiatisée.

On passe à la prochaine nouvelle, on parle d'un pédophile en Belgique. On a trouvé des photos d'enfants, même de nouveau-nés, avec le cordon ombilical autour du cou. Les voisins disent : il était un bon voisin et un bon père de famille. Il venait à l'église chaque dimanche. Dolorès ferme la télé sur cette juxtaposition abominable.

Fatahl est mort au milieu d'une guerre. Ce jour mémorable, un monstre a été coincé dans un bled sans histoire. Elle croit rêver, elle croit voir un film. Elle a envie de courir, de hurler. Et elle le fait. Elle pleure sans pouvoir s'arrêter. Elle appelle Vera. C'est le répondeur. Elle hurle : « Vera, Fatahl est mort. Fatahl est mort. Mort. Mort. Mort. Tu entends ? »

Mais ce jour n'est pas encore arrivé. Il est seulement prédit par l'oracle salé de Santa Maria. Le récit de cette fin est inscrit dans le bruit des vagues agitées, un jour de tempête. Les vagues troubles se brisent dans un tapage assourdissant. Elles racontent aussi, en se mélangeant au sable, que Fatahl, l'homme au teint basané, reposera dans un cimetière blond en Suède, près de sa mère Ingrid. Non, sa mère n'était pas une actrice. Les vagues roulent encore et encore sur elles-mêmes. Elles reviennent autour de la mort annoncée de Fatahl et, par la même occasion, elles portent à la surface l'histoire de Milena.

La lettre

Un jour, Dolorès reçoit une enveloppe grise. L'écriture de la lettre est belle, avec de grands caractères prononcés. Elle est signée : Milena. Dolorès pense qu'elle doit être la dernière femme de la collection de Fatahl. Une autre amie ? Ce fameux concept, Dolorès l'avait refusé. Elle a laissé sa place libre dans la galerie. Jusqu'à son dernier souffle, sous la carcasse d'une auto au milieu de la boucherie de Ben Yehuda, il a cherché à la récupérer et à la convertir à cette noble cause de l'amitié post-traumatique.

«Chère Dolorès, pardonne-moi de t'écrire, tu ne me connais peut-être pas. Je suis Milena, j'ai été la femme de Fatahl, ensuite son amie. Il m'a beaucoup parlé de toi, un jour sur la plage. C'était notre dernier voyage avant que nous nous séparions.» Après les premières phrases, Dolorès a envie de déchirer d'emblée la lettre. Elle ne veut plus rien savoir de cette histoire qui lui a brûlé l'âme. Malgré sa rage, elle lit : «En fermant l'appartement après sa mort, j'ai trouvé quelque chose pour toi, un petit paquet prêt à être envoyé. D'après les timbres, il l'avait préparé depuis un bon moment déjà. C'est par le paquet que je t'ai trouvée.»

La femme lui parle d'abord de Fatahl, de sa propre douleur lors de leur inévitable séparation, de sa mort. Dolorès se voit peu à peu aspirée dans l'intimité de cette femme qu'elle a maudite. Ce passé et ce terrain, elle aurait préféré les garder opaques.

Elle se sent tomber dans un trou noir semblable à celui de son évanouissement à Shinjuku. C'est trop tard, la chute libre a commencé, il n'y a pas de retour possible. Le compte à rebours est enclenché : retour dans le temps et dans la douleur que cet homme a engendrée.

Toutes les peines d'amour se ressemblent

Dolorès rencontre Fatahl sur cette rue pleine de cafés et de pizzerias. Elle l'entend lui dire : « Ce n'était pas dans le scénario. » Elle l'arrête quand il veut lui parler de Milena. Mais elle ne connaît pas encore le nom de la femme qui l'a fait bifurquer. Et lui ignore l'existence de Thomas. Assez, j'en sais déjà trop. Thomas est loin, elle sent une brûlure dans son âme, un nœud dans son ventre, une fissure dans son cœur. Elle ne veut plus revivre ce désespoir. Plus jamais. Mais la voilà prise dans ce trou noir, la voilà prise avec les monstres qu'elle pensait avoir tués. Elle glisse encore et encore dans ce puits. Il fait noir.

Dans la ville grise

Elle prend un café devant la statue du poète. Ville qu'elle verra un jour à la télé, tatouée de balles. Ville où elle a connu Fatahl. Il fait soleil à Dubrovnik. Elle est heureuse. Elle regarde cette mer un peu sauvage. Elle fixe l'horizon, lui aussi, bleu. Le vent est fort. C'était avant Fatahl. Chaque jour, elle s'enfuit sur le rocher. Dans l'édifice blanc, des femmes qui veulent être des hommes tournent autour des discours. Dolorès leur préfère la mer agitée.

Insouciante. Fatahl aussi y retournera. Cette fois, le décor sera troué de balles. Il écrira une lettre que Dolorès n'arrivera pas à déchiffrer. De cette lettre d'adieu, elle ne comprendra rien.

Dolorès regarde Takashi qui fait une révérence devant un public en extase qui crie : « Bravoooo ! » Elle a reçu la lettre de Fatahl. Ce soir, elle est triste. Sur la scène en gris, Takashi danse comme un dieu. Le plafond sonore presse la tête de Dolorès, la voix de la diva sur la bande sonore l'exalte, lui il est concentré, dans l'abstraction d'un auto-érotisme dépouillé. Sans fard, sans artifice. Juste l'essence. Elle est avec lui sur cette scène grise, dans la boucle de sons, de gestes, de mémoires et de pensées. Elle pense à Fatahl et elle pleure.

Le même soir, elle rêve de lui. Elle le bat à grands coups. Il reste immobile. Des filets rouges dégoulinent de son nez, de ses bras, de ses jambes dans la neige. La tache rouge s'agrandit. Elle voit du rouge partout.

Vernissage

Un dimanche, en début d'après-midi, le téléphone sonne. Une voix de femme. Elle a un fort accent : « Je suis Milena. » Dolorès sent son cœur battre plus rapidement, son souffle se couper, mais elle réussit

tout de même à prendre un air distant et neutre.
« Ce soir, je commence l'accrochage de mon expo-
sition, on pourrait se voir avant ou après. » Dolorès
est occupée, elle doit travailler avec Kaï sur un projet. « Demain alors ? Je vous invite au vernissage. »
Dolorès est irritée, ça augure mal, tout ce décalage,
toute cette complication.

Les dernières lignes de la lettre de Milena di-
saient ceci : « Je voudrais vous donner, en personne,
ce petit paquet. Je serai à New York pour mon
expo. Si vous voulez, nous pourrons nous rencontrer. » Dolorès avait cru halluciner. C'est quoi cette
histoire de fous, c'est quoi ce film de fantômes ?
Mais une partie d'elle a déjà dit oui à ce rendez-
vous. Curiosité envers cette femme qui a entraîné
Fatahl si loin d'elle.

Dolorès refuse d'aller sur le terrain où l'autre
sera en position de pouvoir. Elle connaît la chanson,
ayant elle-même vécu maintes fois ce type d'évène-
ments, dans son rôle d'artiste. Tu es entourée par
mille et une personnes qui grouillent. Elles n'ont
d'yeux non pas pour les œuvres, mais pour regarder
les célébrités. Elles viennent te parler par grappes,
la coupe pleine de champagne, la bouche pleine de
hors-d'œuvre. Elles te félicitent pour ton travail sans
même l'avoir vu. Bisou bisou. Et elles repartent
tourner en rond, pendant que le conservateur, vêtu
de noir, te présente à un directeur de musée aux

lunettes rouges. Ça finit dans un resto branché dans Soho. Avec quelques privilégiés : des amis proches, des *wannabes* qui se sont faufilés, des collectionneurs potentiels, quelques femmes âgées de la haute qui aiment l'art contemporain et les artistes, un commanditaire intéressé à investir dans ton prochain projet pourvu que tu utilises ses technologies et son logo, des conservateurs étrangers de passage dans la capitale du monde et, enfin, des critiques qui vont écrire sur ton expo dans le journal de demain et dans une prestigieuse revue. Toute l'infrastructure de l'art est en place.

Dolorès n'a donc pas envie de rencontrer Milena dans ce contexte-là. Elle n'ira pas à ce vernissage.

Dolorès laisse un message à la galerie où Milena discute, devant ses photos monumentales, avec un journaliste qui couvre l'évènement. Sur son message, elle lui propose de la rencontrer chez Veneiro. Toujours par message interposé, Milena accepte. Elle arrive la première à ce rendez-vous qu'elle-même appréhende, sentant la distance que Dolorès veut établir depuis le début. Elle entre, une femme se lève. Comment avez-vous su que c'était moi ?

Milena lui explique. Elle lui parle d'une photo d'elle et de Fatahl. Dolorès est surprise, car il n'y a qu'une seule image d'eux. Dolorès se rappelle. Ils sont debout devant le Mur des Lamentations, à Jérusalem. Ils rigolent en demandant à un Juif

Hassidim de les photographier avec une caméra en carton. C'est un jour ensoleillé. Dolorès avait déchiré sa copie en voulant oublier l'homme fatal. Elle ne pensait pas qu'il avait gardé la sienne. Ce souvenir enseveli rend Dolorès plus vulnérable et, aussi étrange que cela puisse paraître, plus sympathique. Peu à peu, les femmes se retrouvent sur un terrain commun, en parlant de l'homme qui les a aimées et fait souffrir. L'homme qui est mort et que Milena veut retrouver à travers Dolorès. Mais cette dernière a une théorie différente : que chacune garde ce qu'elle a connu de lui, que la face cachée de la lune reste telle quelle, qu'elles n'essaient pas de créer un être composite, un homme idéal.

À la table du fond, un homme regarde les deux femmes. Il se demande ce que les deux beautés, l'une à la peau basanée, l'autre rousse, peuvent bien se dire. Il les voit sourire, leurs yeux sont tristes, elles hochent délicatement la tête. Personne n'entend leur discussion dans le vacarme de tasses, de voix. Comme ça, de cette conversation, on ne saura plus rien. On verra la Noire prendre un paquet jaune. On les verra se serrer la main, ensuite s'embrasser, avant de quitter le café. Chacune dans une direction opposée.

Dolorès a mis le paquet dans son sac. C'est la dernière fois qu'elle communique avec Milena. Elle craint que Milena veuille chercher à travers elle l'autre tranche, inconnue, de Fatahl. Elle craint qu'en déterrant ainsi Fatahl, le passé refoulé ne la tue.

« Garde celui que tu as connu, et je garderai celui que j'ai connu », lui a dit Dolorès en guise de conclusion. En sortant de ce café, où tout s'est si bien passé, elle a décidé de couper tout contact avec Milena. Mais avant, elle veut voir l'expo. À l'entrée, une immense photo de Fatahl l'accueille. C'est trop pour elle. Ça suffit, les fantômes. Elle fait demi-tour et sort de la galerie, plus convaincue que jamais qu'il lui faudra à l'avenir dire non à Milena.

Elle ouvre le paquet. Une cassette, pas de mot explicatif. Elle la met dans le magnétoscope. On entend la voix *off* de Fatahl. Elle ne peut pas regarder ces images qu'il lui a promises et qu'il a tournées pour elle, sans les lui envoyer. Elle éteint. Les larmes coulent à flot. Il fait noir dans sa tête, sur l'écran et dans sa chambre. Elle est vêtue de noir, elle est la veuve méditerranéenne de la mer Noire. Elle est de nouveau en deuil, cette fois, pour tous : pour Leonhardt, pour lui. Elle se demande si elle devra s'habiller en noir encore une fois pour son père de la mer Rouge, ou bien s'il est vivant. Pourra-t-elle mettre alors sa robe rouge, du rouge à lèvres rouge, dans ce pays qui veut dire rouge, près de la mer Rouge, pour célébrer ?

C'était avant, c'était après

Dolorès pense à ce que Milena lui a raconté à propos de Fatahl, ce qu'elle voulait oublier. C'était avant l'explosion sur Ben Yehuda et c'est ce que Milena lui avait confié chez Veneiro. « Un jour, quand il est revenu d'un reportage en Inde, je ne l'ai plus attendu à l'aéroport. J'en avais marre de ses dépressions, de ses caprices, de garder ses affaires en consigne. Je voulais tant un enfant de lui. C'est là que tout a commencé. »

Cet hiver-là, il avait décidé de passer les vacances de Noël seul, sous le soleil. Milena est restée chez elle, sous la neige. Fatahl lui envoyait de temps en temps des lettres assez noires et embrouillées, elle sentait qu'il n'était pas bien. Il lui disait qu'il ne voyait que des rides, ses yeux étaient tristes et délavés, son corps tombait en panne, sa tête aussi. Il se sentait vieilli, il n'avait plus envie de filmer des guerres, des cadavres, des villes détruites.

Ce que Milena n'a jamais su, par contre, c'est qu'en passant par la ville blanche, Fatahl a beaucoup pleuré en pensant à Dolorès. Il a pleuré à chaque coin de rue qui lui rappelait Dolorès. Il est retourné à la même pension, Libertad, là où il avait été si heureux avec elle, autrefois. Il a pleuré dans la chambre trop grande où ils se sont tant aimés. Il a pleuré en buvant son café au coin de la rue, là où ils déjeunaient chaque matin. Il a pleuré sur Costa do Castelo, là où ils se promenaient avant le coucher du soleil, il a pleuré au bord du Tage, sur le bateau vers Cacilhas, il a pleuré en mangeant son *pastel* à Belém, le *pastel* lui est resté de travers dans la gorge, il a pleuré dans le tram, il faisait déjà noir. Il a ensuite pris l'avion et il est parti dans l'île près du volcan, pensant pouvoir faire table rase de tout cela. Il a dit : « Je veux oublier, je veux toutes vous oublier. Je veux renaître jeune et frais, sans histoire. » Mais il se sentait vieux et ridé, plein de bagages et d'histoires tordues. Il ne voulait même plus vérifier s'il bandait.

En explosant sur Ben Yehuda, il a dû remercier celui qui avait eu cette idée de mettre une deuxième bombe.

Écran jaune ocre (*Sal*)

Taxi pour Santa Maria

Dolorès reste immobile et observe. Elle n'a pas envie de monter dans leurs taxis imposés. Les hommes ne comprennent pas pourquoi elle prend tant son temps. Ils arrivent à la conclusion qu'elle doit attendre quelqu'un et lui fichent la paix. Elle remarque une bifurcation plus à gauche, assez loin. Des camionnettes, qui évitent la zone de l'aéroport, passent à toute allure. Elle se dirige vers l'intersection, qui est plus loin qu'elle pensait. Elle est là, debout, et attend. Il fait déjà noir et elle se dit : « Tu es folle de rester comme ça au milieu d'une route ! » Une camionnette rouge avec quatre jeunes garçons dedans s'arrête enfin, au moment où Dolorès pense qu'elle aurait mieux fait de prendre un taxi comme tout le monde. Ils ont l'air un peu soûls, mais elle décide de monter quand même.

La route ondule dans le désert jaune, vers la ville jaune, sur l'île ocre, brune, grise, jaune aussi. Elle reconnaît la musique qui anime l'intérieur de la camionnette et que le conducteur n'ose pas mettre trop fort. Les épaules des cinq passagers bougent toutes seules, et les hanches aussi, sans doute. Dolorès est en avant, elle demande le nom de ce groupe qu'elle a déjà entendu, mais c'était une autre chanson. *Rhavvyéich* (c'est ce qu'elle entend, ou quelque chose du genre). C'est le chauffeur, avec sa casquette en fausse fourrure vert lime, qui lui répond ce nom incompréhensible. Dolorès est trop intimidée pour le faire répéter, mais tout à coup elle se rappelle du vrai nom. Mais oui, c'est Antonio qui lui avait fait écouter Heavy H...

Ils longent un cimetière. Les dernières paroles de la chanson *Dodu (bonus track)* accompagnent la courbe finale. Ils dépassent ensuite une série de poubelles qui jonchent la route en signe de bienvenue. Ils entrent dans le village ocre, bordé d'une langue de mer bleue comme les yeux de Dolorès. Ils s'arrêtent devant un bar, c'est ici. Non, ils ne veulent pas accepter son argent, *Ciao bella* et la voilà dans la mire d'une horde d'hommes traînant devant le bar.

À l'intérieur, Alpha Blondy chante *America*. Décidément, l'Amérique est le thème de son voyage, salué à plusieurs reprises par les drapeaux aux étoiles blanches sur fond ligné. Les sandales, les foulards, les culottes souhaitent la bienvenue à Dolorès, de Lisbonne au Cap-Vert. Il ne manquait que cette chanson. Les hommes, devant le bar, l'abordent en italien.

Elle attend avant de commencer à marcher, d'un pas sûr, comme si elle savait où elle va. La vérité est qu'elle n'en a aucune idée. Elle espère voir un signe, une pension, un endroit où elle pourra entrer. Elle erre comme ça dans le noir, suivie de garçons et d'hommes soûls. Tout à coup, le talon de sa sandale se coince dans une fente du pavage. Bon, ça alors, tu parles d'une belle image, cette femme qui tire sa petite valise à roulettes et qui boite avec sa sandale dans ses mains au milieu de la nuit !

Heureusement, une femme sort d'un jardin et lui demande si elle a besoin d'aide. Toujours en italien. Quelques instants plus tard, Dolorès s'installe dans une belle chambre avec vue sur la mer. On sent que la villa n'a pas été habitée depuis un certain temps. Tout a un air fantomatique : des bouteilles d'eau vides sur la terrasse, une coquerelle sèche géante dans la salle de bain, un frigo ouvert avec des cannettes de Cola, une couche de poussière qui couvre le plancher et les armoires, le lit défait, une paire de souliers rouges, de pointure 38. Elle les essaie, mais ils sont trop serrés. Elle n'a pas du tout envie de se coucher dans ce lit marqué par

la présence lointaine d'un autre. Dolorès est dégoû-
tée par l'idée de partager l'intimité d'un inconnu,
mais n'a pas vraiment le choix. La matrone lui pro-
met qu'elle va refaire le lit et qu'elle lui donnera
une serviette propre ; le reste, ce sera pour demain.
« Il est déjà tard, compte-toi chanceuse d'avoir trouvé
une chambre à cette heure-ci », se dit-elle.

Rasta blond sur rythmes d'Alpha Blondy

Elle a terriblement faim, elle prend vite une douche.
En sortant, elle a l'impression de tourner en rond
dans ce village où des grappes d'hommes bouchent
la sortie des petits magasins et des bars. Elle revoit
les mêmes insignes, l'église, le petit parc. Une fois,
deux fois. Elle s'arrête avant de faire un troisième
tour. Elle entre dans un bar où deux filles l'accueil-
lent, avec le sourire, en italien... Une petite fille en
robe blanche sautille. Elle aussi parle l'italien à
la perfection. Une femme allaite un enfant. Des
femmes, enfin. Dolorès comprend que le bébé est
le frère de la poupée en blanc.

　　Dans un coin, le seul homme. Il a des *dreads* dé-
colorés. Il doit passer beaucoup de temps sous le
soleil. Sa peau, imprégnée de lumière, doit goûter
le sel. Il a un tatouage sur le visage, un serpent qui
traverse ensuite son corps. Il fabrique un oiseau en

papier blanc, qu'il tend à la petite fille. Est-ce son enfant ? Il finit un autre oiseau en paille et le donne à Dolorès. C'est son premier cadeau depuis longtemps. Quand elle partira, elle le mettra sur son bagage pour ne pas l'abîmer. Les musiciens italiens lui diront dans l'avion : « C'est Havana qui te l'a fait ? »

L'homme noir et un peu blond s'assied ensuite à la même table que Dolorès et lui dit : « J'habite dans la tente, là, au bout de la plage, je suis sculpteur, passe me voir si tu veux. » Il parle le français. Dolorès finit sa salade, boit son café, salue tout le monde, en italien et en français, et sort. En arrière-plan, elle entend Alpha avec un *Jérusalèèèèème* de moins en moins fort. Elle passe devant dans un petit resto où quelques touristes applaudissent un groupe de musiciens. Ils ont fini de jouer. Ils ramassent leurs instruments.

Quand elle arrive dans sa chambre, elle regarde par la fenêtre. Elle est dans son lit, d'où elle entend la mer, le vent. Elle rêve toute la nuit qu'elle écrit des lettres en boucle. Les lettres sont belles et fluides. Des visages composites se fondent dans celui d'un homme idéal. Sa tête est pleine de mots. Pleine d'images. Si les mots pouvaient glisser ainsi sur papier, comme la rivière tropicale de mots dans son rêve, si les mots pouvaient bouger comme les vagues de cette mer qui la berce de loin ! Dolorès, la fille de deux mers, l'une noire et l'autre rouge, se sent bien au bord de cette mer bleue, bleue comme ses yeux.

Évanouissement à 40° C
sous le soleil torride de midi

Dolorès, ne te fais pas d'illusions. Tu verras, même à Santa Maria, tu ES une touriste, ça se voit, inutile de penser que tu es comme eux, ça se voit dans ta démarche, dans tes vêtements, dans tes yeux, dans tes gestes et dans le créole qui manque à ta liste de langues. Le soleil cognera sur toi comme sur tous les autres touristes, sans te ménager parce que tu es un peu noire. Il te donnera un coup fort et lourd comme une balle de plomb dans la tête, tu tomberas, encore une fois, inconsciente.

Tu verras, tu ne pourras pas échapper ensuite à ce rituel des îles, à ce contrat tacite entre le visiteur et l'indigène. Le gigolo de service est en poste dès que tu mets les pieds sur cette plage d'un jaune chaud. Tu t'es assise à côté des Espagnols très bronzés avec une petite vraiment adorable et qui disent *cabrón* à chaque phrase. Leur couleur et leur aisance trahissent un voyage entamé depuis un certain temps. Tu verras, l'homme très noir et beau comme un dieu, oui, celui qui passe avec deux raquettes dans les mains, il t'a déjà repérée.

Dolorès se sent très blanche intérieurement devant ce soleil de midi, sans pardon. Elle sent qu'elle va brûler, malgré sa peau un peu foncée. Oui, les Noirs aussi brûlent. Ce sont des Haïtiens de New York qui lui ont appris ça, un jour. Mais elle ne peut pas s'empêcher de rester là. Elle a été privée du soleil qui est inscrit, par son père, dans sa peau. En pensant à Troy, qui lui a révélé ce secret noir des Noirs, elle se sent glisser, peu à peu, dans un espace dont les contours sont en train de fondre.

Elle est de nouveau dans un trou noir, aux bords confus. Mais celui-là n'est pas froid comme à Shinjuku. Celui-là est de plus en plus bouillant. Il y a aussi une vapeur chaude qui plane. Peut-être qu'elle descend aux enfers. Elle se sent glisser sur les parois d'un tunnel couvert de crème solaire. Elle est au fond, elle flotte dans l'huile de coco. Elle se débat, crie à l'aide. Au même moment, elle ouvre les yeux et voit, dans un brouillard mi-jaunâtre, mi-verdâtre, l'Espagnol de tout à l'heure. Il lui dit quelque chose. Elle voit sa bouche qui bouge au ralenti. Elle n'entend rien. Et puis, cette voix d'homme qui dit : « Vous devriez faire attention à cette heure-ci de la journée. » Dolorès, ahurie, essaie de se lever, mais un étourdissement violent la remet dans sa position initiale. L'homme lance un autre *cabrón* et va chercher de l'eau. Dolorès reprend ses esprits, sous le jet d'Evian. Elle est maintenant assise. Elle a couvert sa tête avec un paréo blanc. Elle ressemble à un cheikh.

Cachée sous ce voile, elle regarde discrètement la petite Espagnole jouer dans l'eau avec sa mère, une superbe jeune femme dans la vingtaine. Elle la regarde faire des châteaux de sable avec son père, à l'allure bohème. Oui, son sauveur de tout à l'heure. Elle regarde tout ça le cœur serré. Elle sait qu'elle ne pourra jamais regarder sa propre fille sur une plage d'Afrique, car elle ne pourra jamais avoir d'enfants. Ces jeunes nomades ont l'air si heureux !

Dolorès est nostalgique des temps où Adina, Leonhardt, Ion Ion, le chien Tziganu et elle allaient sur les plages désertes de la Turquie, où ils passaient leurs vacances d'été. C'était à l'époque où ils vivaient à Rome, la première station de leur exil, ville où est né le jumeau de John-John, son demi-frère à elle, Ion Ion. Ils étaient heureux tous les cinq. Aujourd'hui, de ce groupe, certains sont disparus. Dès leur arrivée à New York, ils ont dû euthanasier le chien, trop malade pour survivre. Ça se passait avant la mort prématurée de Leonhardt, écrasé par un camion sur une route en Floride, avec sa moto qu'il aimait tant. Les deux autres, Adina et Ion Ion, sont, en quelque sorte, presque disparus. La mère s'est réfugiée dans une folie difficile à détecter. Elle a perdu sa voix dans un cri de douleur lors de la perte de Leonhardt. Abattue par la mort de son mari, épuisée par sa secrète attente de Habib, Adina n'est plus la même. Ion Ion, avec ses problèmes, s'est enfermé dans un mutisme qui alterne avec l'hystérie. Pour une raison mystérieuse, il ne parle presque plus à Dolorès. Elle a soudainement envie de pleurer. Elle ne peut pas s'empêcher de penser à tous les absents.

Le trophée de João

Dolorès regarde autour d'elle. La plage est remplie de garçons qui s'entraînent, ils sculptent leurs muscles qui ne servent pas assez, ils courent, font des mouvements, des étirements, jouent au foot, nagent, tout est bon pour travailler leurs corps, en cette saison pas du tout productive pour eux. Dolorès marche maintenant sur la longue plage. Elle se croirait au Club Med.

Les rares touristes sont allongés sur des chaises en plastique devant le plus grand hôtel. Entourés de chaises vides, ils sont là, gluants, couverts d'Ambra Solare réchauffée par le soleil hors saison. Le farniente léthargique est interrompu de temps en temps par les vendeurs sénégalais d'artisanat. Ils leur proposent des colliers pour elle, des pantalons pour lui. Il y a aussi les masseurs. Comment font-ils pour toucher ces corps huileux et bouillants ?

Des filles font des tresses africaines aux dames en quête d'intégration ou qui veulent tuer le temps, soudainement trop lent. Elles sont ridicules, ces fausses Noires, avec leurs tresses africaines trop minces. Les filets coiffés selon le maniérisme local pendent sans grâce. Les têtes semblent mi-chauves. Ils doivent se marrer, les animateurs, du spectacle pathétique de la mauvaise traduction. Mais, en même temps, c'est leur gagne-pain. Ils rient jaune, donc. Un peu. Peut-être.

Dolorès passe à côté d'un couple qui joue au *racket ball*. Le Noir musclé laisse gagner la touriste blanche, il suit son rythme à elle, on voit qu'il se retient pour ne pas frapper la balle de toutes ses forces. Dolorès voit le jeu de cet ange noir, assoiffé de chair blanche. Elle continue jusqu'au bout de la plage, elle marche des kilomètres. Elle s'assied dans les dunes, regarde la mer et se perd dans des pensées imprécises.

Tout à coup, il est là, debout. L'adonis de tout à l'heure. Il est là, avec les deux raquettes dans ses mains. Sans l'Italienne (ou l'Allemande ?). Elle a dû se rasseoir lorsqu'elle a aperçu, de loin, son ami ou son mari revenir sur la plage. *Exit* l'animateur avec ses raquettes et son jeu de séduction. Mais l'animateur n'abandonne jamais. Il balaye la plage du regard. Ses armes sont prêtes. Avec les raquettes, il pourra entrer en contact avec sa prochaine proie.

Il a vu Dolorès passer. Il sait où la trouver. Il part à sa conquête, vers les dunes. Il s'approche avec conviction, tel un guerrier. Il l'aborde. En italien, évidemment. Elle trouve qu'il a du savoir-faire. Pas comme le fils de Valentina dont elle a oublié le nom. Ce clown qui lui a dit, une semaine plus tôt, sur un ton direct et pragmatique : « *I want to stay with you.* »

À présent, l'homme à la raquette l'amuse avec ses manœuvres. Question clé : « Où est ton mari ? » Ensuite, cartes sur table : « *Tu mi piaci. E io, ti piacio ?* » Dolorès le bombarde de questions pour le déstabiliser. Elle en a assez de ce jeu et décide de rentrer. Lui la suit comme une mouche. Dolorès regarde la scène à la fois en protagoniste et en spectatrice. Elle, son trophée. Lui, la tête haute, fier comme un paon devant ses copains qui le saluent discrètement avec un mélange d'envie et d'admiration. Tu l'as eue, ta touriste !

Les filles qu'il connaît regardent la *white bitch* avec haine. Une autre qui pique leurs hommes. Elles regardent Dolorès avec dédain. Dolorès se sent exclue de leur club noir. Ici, chacun voit en elle le côté qui l'arrange. L'homme tatoué a reconnu le côté noir de Dolorès. Les animatrices jalouses, les vaches, lui renvoient une image de blanche. Elle aussi pourrait être la fille d'un italien et d'une animatrice. Mais ces filles de pute lui mettent un grand T sur le front, T comme touriste, venue foutre le bordel et voler leurs hommes ! L'une d'entre elles aurait peut-être voulu être la fiancée de l'homme qui joue à la raquette avec les touristes.

Ils sont maintenant arrivés devant les chaises blanches. La plupart des gens huileux sont partis, avec leur dos détendu ou leur sexe excité, avec leurs tresses pendouillantes et les *G-strings* aussi minces que leurs mèches. Ceux qui restent, les braves, doivent peut-être se dire : en voilà une autre ! Car ces règles non écrites du jeu sont connues de tous, et ça, des deux côtés de la barrière. Il y a bien sûr les touristes en quête d'exotisme (ou de grandes queues ; il paraît que les Noirs…). Elles veulent s'envoyer en l'air avec les garçons du bled. Et eux, à leur tour, courent après un exotisme inversé, blanc. Négatif. Positif. Plus c'est blond, mieux c'est.

Dolorès lui demande : « Tu n'as pas de fiancée ? » « Non, les filles sont trop légères, ici. » Les subtilités des définitions de la légèreté la dépassent. Elle marche à côté de l'homme fier qui se félicite de son action, sans savoir qu'elle est vouée à l'échec. Elle marche sous les regards pleins de sous-entendus, pleins d'interprétations, de qualificatifs, de questions, de réponses. Lui, il se dit : « Bravo João, ça y est ! » Car João est son nom.

Ils arrivent à l'autre bout de la plage, là où étaient tout à l'heure les Espagnols. Ils sont partis. Dolorès a envie de nager, il fait un peu frais. João saute aussi dans l'eau, il tremblote. Il a froid et voudrait plutôt profiter un peu des vagues pour mettre les mains sur Dolorès. Ils sortent avant que tout cela aille plus loin. Au moment venu, après lui avoir montré son talent de dauphin, après avoir exhibé son corps parfait sous tous les angles, il s'informe de ce qu'elle souhaite faire ensuite. Il dit : « *Che fazemos ?* » (en se rappelant la scene, Dolores n'est pas sure du verbe correct). Il lui demande où elle habite. Elle fait un signe vague : par là. João, ne voyant aucun encouragement, comprend que son temps est fini. Il prend ses raquettes et il part, la queue entre les jambes. Il s'aventure quand même une dernière fois : « Comment faire pour te revoir ? » « Tu me trouveras », répond Dolorès.

Mais, à partir de ce moment, elle se cache dans la villa où elle habite. Villa de rêves. Villa couverte d'un rideau de végétation abondante, un peu laissée à l'abandon. Villa où elle rêve la nuit, le jour aussi. Elle ne sort que pour manger et se baigner. Elle n'a vu Virginia (la propriétaire) qu'une fois, lorsqu'elle a reçu sa famille. C'était le premier jour, où elle a dû attendre tout l'après-midi, sur la chaise longue, qu'on fasse le ménage de sa chambre. La servante était trop occupée, elle devait aider sa patronne, alors Dolorès a attendu son tour.

Elle a attendu parmi les bouteilles vides et les poubelles pleines. Plus tard, sur fond de bruit de mer, elle a entendu les rires, les bribes de conversation en créole. Elle a senti, à travers l'air salé, l'odeur parfumée des mets que les deux femmes avaient préparés toute la journée. Ce jour-là, jour de fête, elle aurait tant aimé être avec eux autour de la table ! Elle a soudainement eu envie d'une famille, elle se sentait de nouveau seule au monde. Seule comme le chien qu'elle voyait chaque matin sur la plage. C'est le lendemain de ce repas qui l'a rendue nostalgique qu'elle a rencontré João. Elle n'a pas pu le prendre au sérieux et elle a choisi la solitude. Elle a refusé sa compagnie. Tout était trop chargé de doutes et de préjugés, peut-être faux et non fondés. Elle a donc continué son chemin. Seule. Mais c'était mieux comme ça. Elle pense à la dernière image de ce jour-là, au moment où elle a dit non à João.

L'oiseau de Havana

Au moment où João sort à jamais du cadre, le *beach-bum* aux cheveux blonds, le pseudo rasta qu'elle a rencontré dans le bar le premier soir, passe. Il la salue. Il la voit avec le gigolo dont la réputation n'est plus à faire, il pense sûrement qu'elle est déjà prise dans les filets de João. Il ne sait pas qu'en fait, elle est en train de congédier gentiment le dieu de la mer. C'est à cet instant qu'elle voit passer Havana. Sans savoir encore son nom.

Cette nuit, elle fait un drôle de rêve. Elle rêve d'un baiser d'Irma. Elles sont dans un hélicoptère. Irma lui dit : « C'est mon anniversaire. » Elle embrasse Dolorès avec force, sur la bouche. Dolorès répond, surprise. Sa langue est sèche, sa bouche est sèche, elle essaie d'humecter ce trou noir, mais elle manque de salive. Elles traversent une zone de brouillard et de turbulence et arrivent dans une ville médiévale. Irma lui dit : « Nous sommes en Albanie. » Dolorès se réveille sans savoir où elle est, elle a la bouche sèche. C'est l'aube, déjà, sur l'île de Sal. À Tirana, c'est encore la nuit. Dans le ciel, entre le rêve et la réalité, elle voit l'ombre de l'oiseau, cette fois géant, que Havana confectionne.

Dolorès se réveille, un peu troublée par ce rêve. Elle décide d'aller nager. Il est très tôt et c'est son dernier jour ici. Elle aime l'état silencieux et désertique des lieux à cette heure. L'eau est très calme, comme un lac, la plage est vide. Ça sent très fort le poisson, l'iode. Elle adore ce parfum. Au bout de la plage, une silhouette. Un homme court avec son chien. En sortant de l'eau, il est là, le rasta blond tatoué. Mouillé de transpiration et d'eau salée. Il l'invite à voir ses sculptures. Des serpents et des créatures en pierre avec la langue sortie. C'est dans ce décor qu'il lui raconte sa vie. Ses études en économie à Cuba. Son amour pour Fidel et pour la cause. Son malheur. Le jour où il a tout perdu :

femme, maison, argent. Une histoire louche de valise pleine de dollars. Vol et vengeance. Descente dans l'enfer du crack. Et après. La vie nomade. La plage. Le chien. Les poissons. Les femmes blondes. Pas d'attache, pas d'obligations. Là, enfin *clean*, libre. Il est déjà tard, Dolorès doit se sauver au milieu de cette histoire, sans acheter aucune de ses sculptures grotesques. Vraie ou fausse, c'est l'histoire de la vie en mouvement, de la vie mouvementée, avec ses accidents, ses hauts, ses bas, ses mensonges et ses vérités.

Cabo Verde Airlines

De nouveau dans un avion. Celui-là est plus petit. Il n'y a presque personne dedans. La place à côté de Dolorès est vide. Elle ne pourra pas raconter ses impressions que, pour une fois, elle a envie de partager avec quelqu'un. L'avion fait un bruit épouvantable. Les bagages sont derrière un filet. Elle se croirait dans une mission militaire.

Dolorès regarde sa montre, pas celle de policier qui est dans son sac, mais l'autre, autour de son cou. Un ami l'a dessinée pour les touristes et en a offert une à Dolorès, pour rire. Au centre des chiffres, il y a une image du Time Square. Elle la regarde et entre dans l'image. Elle marche sur la 5e avenue. Elle va vers l'est et s'arrête à la 88e rue, devant la maison d'Adina, qui n'est pas à la fenêtre. Elle continue en métro jusqu'à la 183e rue, elle est arrivée chez Ion Ion. Il n'est pas devant cette maison rénovée de Harlem. Elle décide de rentrer chez elle, sur St. Marks. L'appartement est vide, sans meubles.

Le son assourdissant du moteur de l'avion se transforme en bruits urbains. Les sirènes des ambulances et des voitures de police sifflent en alerte permanente. Les klaxons des taxis impatients rythment le flot de la circulation engorgée sur Park Avenue. La chanson de Nina Hagen joue dans le baladeur de Dolorès. *New York City is the hottest place for a honeymoon in a hotel rrrrroooommmm.*

Après plusieurs heures devant ce film vu en accéléré et dans le désordre temporel, elle perd l'image. Les personnages qui étaient apparus parmi les bancs de l'avion ont quitté les lieux. Et les images projetées sur l'écran bleu devant les sièges ne sont plus là non plus.

Le passé mêlé, tel un jeu de cartes, s'efface d'un coup. Toutes ces années filtrées, déformées par l'émotion et l'oubli disparaissent dans le néant. Ces tranches d'une vie spiralée éclatent. Un éclair traverse encore une fois le paysage mental assombri par la tempête. Il scinde en mille morceaux les fragments de la mémoire courte. Tout est couvert maintenant par une obscurité aux allures post-nucléaires. La ville de Tokyo, la tête de Dolorès sont dans le noir. Quelques poussières et résidus se retrouveront peut-être reformulés par le vent, dans un rêve. Ou peut-être pas.

Elle ferme les yeux. Dolorès voyage dans le temps. Elle traverse la Dateline. Les images de son départ pour Tokyo fondent et glissent doucement vers des rêves. Entre chaque séquence, il fait de plus en plus noir. Des fondus séparent les blocs de rêves et de souvenirs entrelacés. D'autres fois, ça saute sans avertissement. On dirait que c'est un film que Dolorès projette à rebours.

Dans sa tête-écran, elle est en route vers Tokyo. Une fois, deux fois.

Dateline (*Zulutime*)

La ligne rouge du temps 0

L'hôtesse de l'air est vraiment aimable, malgré les heures de vol qui s'accumulent dans son corps. Du moins, elle cache bien sa fatigue. Tout est sous contrôle. « *Anything to drink ?* » Elle le dit sur un ton presque aussi mathématique que sa réponse à la question de Dolorès. « La Dateline ? *Nothing*, rien, je ne sais pas », lui répond naïvement la belle Japonaise.

Recul dans le temps. Un avion s'approche de la même ligne. La ligne mythique de Dolorès. La ligne rouge qui coupe la terre et le temps en deux. Dolorès est assise dans un siège différent. Elle est au deuxième étage.

L'avion est du même modèle, c'est la même compagnie aérienne, les filles sont aussi gentilles. La question est la même, seule la réponse est légèrement différente, mais tout aussi indifférente. « La

Dateline ? » C'est le moment de servir les cocktails. Au centre de son monde aérien et de sa mythologie, Dolorès décide de filmer la Dateline. Finis les mots sans preuve. Si cette ligne existe, on la verra dans l'image. Elle sort la caméra et demande la permission d'entrer dans la cabine de pilotage. L'équipage est légèrement surpris. Feu vert. L'hôtesse l'accompagne le long des rangées, vers l'avant. Sa douce garde du corps temporaire la suit dans la cabine. Les deux pilotes se retournent, étonnés. Ils rigolent. Ils lui disent qu'elle doit aimer les hommes japonais pour prendre J.A.L. « *Why not American Airlines*? La Dateline? » Le premier lui montre une carte, l'autre pointe du doigt une ligne sur le moniteur. La voix du contrôleur aérien d'Anchorage entre en contact avec le commandant. Dolorès tourne la caméra vers l'horizon calme et bleu. Aucune trace, aucune ligne rouge. L'espace est impalpable, intouchable. On ne peut pas dessiner sur le ciel. Pourtant, les moniteurs, eux, sont pleins de dessins. D'un côté, le règne des mathématiques, avec LA PREUVE. De l'autre, les nuages et la voix. LE RÊVE. La ligne du temps se trouve là où elle appartient. Voilà la vraie Dateline. Dans le règne du rêve, la ligne rouge est invisible, immatérielle, impossible à tracer.

Depuis, les règlements ont changé. Personne ne peut entrer dans la cabine des pilotes. Dolorès a vraiment eu de la chance.

De nouveau vers la même longitude, elle a dû se contenter de filmer l'écran devant son siège. Dans l'image vidéo, un petit avion s'approchait de la ligne rouge. Dolorès a coupé la communication avec son voisin, elle l'a fait taire et lui a dit : « *I must film that.* » Mais c'était trop tard, sur le moniteur, un mauvais film américain avait commencé et gâché la documentation de cette tranche d'histoire. Les boissons sont arrivées au même moment, le son des verres, comme des cloches de cristal, était bel et bien le signal de l'heure 0. Demain. Aujourd'hui. C'est déjà hier.

Elle écrit quelque chose dans son carnet, juste après le blanc d'une phrase incomplète amorcée il y a trois ans. Le temps s'estompe sous le stylo. Seule la couleur de l'encre et la calligraphie, qui se détériore, marquent le décalage. Les mots raccords font le pont entre deux temps et deux réalités. Elle écrit ceci : « Cette fois-ci, il est interdit d'aller dans la cabine de pilotage. Je voulais filmer l'écran devant moi, mais on a coupé l'image pour faire une annonce. Le capitaine dit en deux langues qu'il faut attacher les ceintures d'urgence. On entre dans une zone de turbulence. »

Dolorès n'a plus envie d'écrire. L'avion se fait secouer. Il y a des poches d'air. Les gens font des Ahhh ! Uhhhh ! à chaque baisse d'altitude. Dolorès commence à avoir rudement mal au cœur. Elle remet le carnet dans son sac. Enfin l'accalmie. Elle regarde le moniteur, qui est revenu au bleu. Ensuite, l'image. Avant que le film ne commence pour de bon, on voit la flèche en forme d'avion toucher la ligne rouge de la Dateline. Mais comment savoir si on l'a réellement traversée ? Si on est demain déjà ou encore aujourd'hui ? Ce n'est qu'un graphique, ce n'est qu'une approximation. Comment vérifier, dans ce ciel rempli de nuages en ouate, où se trouve l'intersection exacte entre l'avion réel et la ligne imaginaire ? La seule preuve scientifique est le moniteur dans la cabine du pilote. Mais comme on n'a plus le droit d'y entrer, Dolorès n'a qu'un seul choix, celui de songer. Elle n'a pas envie de faire la conversation. Elle ferme les yeux et se perd dans ses pensées.

Les états, les lieux et les temps 0 la font toujours réfléchir. Elle pense au temps que les marins et les pilotes appellent Z ou Zulutime. Ce temps fendu en deux par la Dateline dans un point de tous les temps. Ce temps et cette ligne l'ont toujours intriguée. Elle se demande à quel moment, au juste, on touche à ce point absolu, où tout se concentre dans un seul instant et où l'on n'est ni hier, ni demain. Elle pense de nouveau à l'écran bleu, à l'absence du signal ou au trop-plein d'images générées par lui, elle pense à cet écran du tout et du rien par excellence. Elle espère trouver les moyens pour réaliser son projet *Blue Screen*. Elle pense enfin au désert comme le lieu idéal de l'amnésie. Le vent efface les traces de la mémoire sur le sable mouvant. Le temps et le lieu sont pulvérisés dans leur plus fine division. Ils se refont sans cesse entre le point 0 et l'infini. Elle aime cette *tabula rasa* du désert couvert de sable mouvant et celle du ciel balayé par les nuages.

Ils sont probablement passés de l'autre côté de la Dateline. L'avion a touché la ligne, il tourne maintenant. Le passage d'hier à aujourd'hui et vers demain, qui est aujourd'hui, se fait dans une approximation qui irrite Dolorès. Dans sa tête, sur le moniteur de sa mémoire qui s'éveille, elle voit l'image du chiffre 0 au milieu d'une autre intersection. Ce lieu et état 0 lui sont dorénavant connus et familiers. Elle se rappelle donc un incident qu'elle juge très intéressant, après coup.

L'image se déplace sur l'écran, de l'autre côté de la Dateline du temps, qui la ramène dans le passé. On est hier, on est en fait avant-hier. On est donc quelques années plus tôt. Dolorès est en tournée en Europe. C'est là qu'elle rencontre Fatahl à Dubrovnik. Mais il y a une parenthèse et, au milieu, un vide.

Identité 0

Dolorès est en transit forcé à Paris. Une mauvaise connexion qui entraîne un retard. Elle se dit, tant mieux, je vais passer une nuit ici. Le lendemain, un incident change tout. Elle passe par la mauvaise intersection. Sa traversée du Montparnasse entraîne l'annulation de son identité. Pour quelques heures, son nom aura été : *personne*. Et ça, sans aucune preuve.

Elle est là, au milieu du chaos. Elle est là, la tête lui tourne, elle n'a plus rien : argent, cartes, passeport, billet d'avion, tout ça est resté dans le taxi, lorsqu'elle est descendue comme une furie pour attraper le bus. Elle a d'abord couru derrière en plein trafic, ensuite elle a cogné à la porte de l'airbus, arrêté au feu rouge. C'est quand elle a voulu payer, tout essoufflée, qu'elle s'est rendu compte du malheur. Le sac à main manquait à son épaule. Elle a dû redescendre. Elle a attendu que le taxi revienne. Il faisait déjà noir, elle n'avait plus rien, sauf sa caméra.

Dolorès n'oubliera jamais l'instant qui a suivi la sinistre découverte. Elle était interdite, au sens figuré et littéral. Le défi était de trouver des preuves de son identité (volée ou perdue), afin d'en créer une suffisante pour passer les frontières. Ce moment où elle s'est aperçue qu'elle ne pouvait même pas prouver qu'elle était Dolorès D. a été une des expériences les plus extrêmes de sa vie.

Au bout d'un certain temps, elle comprend qu'elle n'est personne et que si elle veut devenir quelqu'un, il lui faut commencer à bouger. Dans un état comateux, elle entre dans la chaîne de la bureaucratie policière et diplomatique. Avec un peu de chance et dans un temps record, la collaboration entre les autorités des deux pays porte fruit. Dolorès réussit à quitter Paris avec un papier provisoire. Elle trouve une photo dans ses bagages restés à l'aéroport. Ce journal qui a couvert son expo lui sauve la mise. Derrière l'image de Dolorès, en plan américain, il y a une grande étoile rouge. Mais personne ne fait de remarques. Dolorès a peur de se faire traiter de communiste et, qui sait, de rester là, en interrogatoire. Tout est possible avec ce douanier zélé qui veut absolument une preuve par l'image.

Le rêve de la Dateline

Elle change de position et se rend compte que son dos lui fait mal. Ce souvenir de Paris l'a gardée tendue. Elle s'étire, incline le siège, se met un coussin sous la nuque. À présent, elle est de nouveau bien installée. Elle est au chapitre intersections, aux rencontres accidentelles ou manquées. Elle veut oublier les larmes et les adieux douloureux. Dorlotée, bercée par ce qui reste de bon, elle s'assoupit dans l'optimisme.

Elle fait un drôle de rêve. C'est un film avec Chris Marker. C'est lui qui l'envoie à *La Jetée*, ce minuscule bar de Tokyo où tous les cinéastes et les artistes vont prendre un verre. C.M. la dirige, à distance, dans des allers-retours sur la Dateline. Il téléguide les pas de Dolorès dans la ville. Elle va à la recherche de ce bar mythique sous une pluie torrentielle. Elle se perd dans le Red Light. Ce sont les macros chinois qui l'aident à trouver son chemin. C.M., caché dans un endroit secret, agit à distance en guide de guérilla. Elle fait un film aveugle d'après les instructions de Chris Marker. En se réveillant, Dolorès lève un verre à la santé du plus grand maître du temps et de la mémoire.

Tokyo sous une pluie fine

L'homme-image

En arrivant à Tokyo, Dolorès l'appelle. Il est si ravi d'entendre sa voix. Quelle surprise ! *Wicked* ! Il lui dit combien il est impatient de la revoir. L'homme au bout du fil s'appelle officiellement Richard. Dolorès l'a connu à New York, dans ses années de gloire. C'était à l'époque où il travaillait avec des rayons de lumière pour des installations qu'il plaçait sous les ponts. Il était obsédé par les ponts. Il est parti pour Tokyo avec le sentiment que New York ne pouvait plus rien lui apporter. Le sentiment de vide que chacun ressent à un point ou à un autre de sa vie, lui, il l'a connu très tôt. Il est encore jeune et part avec un rêve : devenir *big in Japan*, comme dans la chanson de Tom Waits. Dolorès le perd de vue, mais Vera a gardé le contact. Elle donne son numéro à Dolorès. Elle appelle donc leur Rocky *darling*, car c'est le surnom qu'elles lui avaient donné.

Ils sont assis dans ce café à la française, ils rattrapent le temps perdu. C'est fait. Ils ont passé en revue quelques années de leur existence, en quelques phrases. Un collage dense de tranches de vie naît d'une juxtaposition aléatoire et hâtive. Chaque fois, l'histoire incomplète et déformée qui en résulte fascine Dolorès. Elle a l'habitude de voir pas mal de gens dans des circonstances pareilles, où l'on rattrape le temps à une vitesse supersonique.

Rocky est aussi beau qu'avant, sinon plus. Son visage de bébé commence à s'orner de quelques rides, qu'on appelle, pour l'instant, des rides « d'expression ». C'est à son tour de dire ce qu'il devient... Il connaît les principes de Dolorès sur l'intégrité artistique. C'est pourquoi il appréhende le moment où il devra lui avouer sa nouvelle vie. Il sort un magazine de son sac. Tu vois ça ? Il l'ouvre à la page d'une publicité d'automobile. Il est là, devant une voiture de luxe, sur le fond de ce qu'il appelle *une sculpture de lumière*. Le décor est très futuriste. C'est son œuvre à lui, le même Rocky qui est dans l'image et qui ouvre la portière. Ce James Bond revisité sourit à la caméra et, comme Dolorès le découvrira dans les jours suivants, il sourit aussi à toute la ville, sur des panneaux gigantesques. Elle verra Rocky partout, avec ce sourire béat, multiplié par mille.

Elle a déjà fait une surdose de son image. Quand elle le voit en personne, elle a l'impression d'halluciner. Mais elle l'aime trop pour le juger, elle essaye de faire abstraction de cette situation. Ils essayent de se voir en dehors de l'image. Dans le hors-cadre des revues et des panneaux et, plus récemment, de l'écran de télévision. Oui, il passe tout le temps à la télé.

Rocky lui avoue que, parfois, il a mal au cœur de se miroiter comme ça sur les pages, petites ou grandes. Il dit à Dolorès à quel point il voudrait être laid. Il a en marre de voir son visage pulvérisé dans les points vidéographiques. Il ne peut plus sortir sans se faire harceler. Son image appartient désormais à la ville entière, les gens ont tous l'impression qu'ils le connaissent et qu'ils peuvent se permettre avec lui des familiarités. Rocky pourrait tuer tous ces inconnus qui l'arrêtent dans la rue, qui lui parlent, il déteste tous ses ados aux cheveux teints en blond qui l'interpellent. Il a laissé pousser sa barbe, il a teint ses cheveux en gris, il porte un immense T-shirt, il met des lunettes de soleil pas du tout à la mode. Il détruit peu à peu l'image qui l'a nourri, mais qui est maintenant en train de se nourrir de lui.

Au début, il était flatté lorsque les gens, le reconnaissant, lui susurraient dans la rue : « Hello *Toyota*. » Peu à peu, un frisson de dégoût a remplacé la gratification. Il veut rentrer dans le trottoir et disparaître, sinon enfoncer jusqu'au cou dans l'asphalte l'imbécile qui ose lui adresser la parole. Oui, il voudrait s'effacer, devenir quelqu'un d'autre et de préférence une femme. Bouclée ou aux cheveux courts, peu importe, juste ne pas être lui.

Rocky a fini par se retirer de la scène publique pour un temps. Il a suffisamment d'argent pour se le permettre. Il voit très peu de gens. Il aime voir Dolorès, une des rares personnes qui le traite sans préjugés. Tel quel, peu importe à quel étage il se trouve. Sans commentaires. Elle ne fait pas de cas non plus de toutes ces histoires d'image. Elle le regarde droit dans ses yeux délavés, elle lui dit : « Allez, montre-moi des trucs. » Mais lui, il n'a presque plus rien à lui montrer depuis ses ponts spectaculaires. Dès son arrivée à Tokyo, il s'est enchaîné dans le cercle vicieux de la pub. De plus en plus. Au début, il essayait de faire son travail en parallèle, mais le temps pour la création se faisait rapidement ronger par le temps passé sous les projecteurs et devant les caméras.

Rocky est graduellement devenu une poupée, un robot qui vend des autos. De plus en plus riche en yens, de plus en plus pauvre artistiquement. Ça lui fait du bien de voir Dolorès, qui le secoue avec ses questions. Elle le ramène à l'ordre, elle veut voir quelque chose d'autre que ce type *cool* devant la grosse voiture. « Tu verras, Dolorès, la prochaine fois, tu vas tomber en bas de ta chaise. »

Ils se retrouvent régulièrement dans le même faux café français. Ils boivent du faux cappuccino, ils mangent de la fausse baguette, avec du faux camembert ou des faux croissants au faux beurre. Ils aiment ça, regarder les faux jeunes et les fausses vieilles dames qui boivent du faux thé anglais en mangeant de fausses pâtisseries. C'est là que Dolorès et Rocky peuvent être les plus vrais. Elle peut lui dire ce qu'elle pense : « Rocky, quand vas-tu arrêter ce cirque ? » Mais lui, il pense au fond de lui-même qu'il est déjà trop tard. Qu'il est foutu. Dolorès, au contraire, pense qu'il n'est jamais trop tard, c'est juste une question de *guts,* Rocky, c'est tout.

Depuis un certain temps, il a recoupé ses cheveux, il s'habille *slick*, il fait attention à ce qu'il mange. Son teint n'est plus vert. Ses yeux ont de l'éclat. Dolorès et lui ont changé de routine. Les dimanches, ils vont au parc Meiji. Les corbeaux donnent leur concert au-dessus de leur tête. Ils passent à côté des faux Elvis. Ils se rencontrent dans Harajuku, ils font un aller-retour dans la petite rue agglomérée, pleine de boutiques et de jeunes. Ensuite, ils se baladent dans le parc pour se reposer la tête. Rocky arrive plein d'espoir et de projets. Il raconte tout ça, excité, à Dolorès. Elle est contente qu'enfin il bouge, ce petit.

Mais, le lendemain, il est de nouveau de retour sous un autre projecteur, il ne sait pas dire non. Il sort des séances avec un goût amer et un sentiment d'échec. Il est drogué de pub. Comment pourra-t-il expliquer à Dolorès qu'il a fléchi, tel un alcoolique en sevrage devant le verre de la tentation ? Il aura honte lors de leur prochaine sortie, pendant que Dolorès lui racontera, survoltée, le projet qu'elle finalise avec Katsu et Nana, ses deux collaborateurs.

RV

Dolorès et son amie japonaise Nana sont allées visiter la cave de réalités virtuelles de l'université. C'est là qu'elles se sont rencontrées pour la première fois, lors d'une présentation. Encore une fois, elles ne sont pas trop impressionnées. Elles considèrent puérils les projets des ingénieurs, comme s'ils réalisaient enfin leurs rêves d'enfant. Elles sortent de ce monde artificiel et schématique et rentrent dans le faux café, qui semble si vrai cette fois. Rocky est déjà là, il attend au bar. Elles lui disent, presque à l'unisson : « Mais que tu as bonne mine ! » Il baisse la tête, il fait un signe qui voudrait dire : « Changeons de sujet, voulez-vous ? » Il n'a pas du tout envie de leur parler de sa soirée chez Toyota. Ni de raconter qu'il a passé la nuit avec l'équipe de tournage et qu'il a même pris de la coke. Comment se fait-il qu'il a l'air *bien* ?

Il avait juré à Dolorès qu'il ne toucherait plus à cette merde, le jour où elle l'a retrouvé en train de péter les plombs. Il sentait sa gorge enfler, ses narines devenir énormes. Il avait envie de dégueuler, mais il ne le pouvait pas. Tout tournait autour de lui, la chambre, les édifices, le monde entier était un carrousel. Il est sorti dans la rue dans cet état, les intersections s'éloignaient, s'approchaient, il voyait des crevasses s'ouvrir à ses pieds. Les bords distordus du précipice se défaisaient, mais jamais ils ne se recollaient pour qu'il puisse aller de l'autre côté.

Il est resté là, immobile, figé. Il a attendu que ça se calme, mais rien ne changeait. Les images devenaient encore plus horrifiantes, elles se transformaient en monstres. C'est alors qu'il a eu l'idée d'appeler Dolorès sur son portable. Elle lui a dit : « Ne bouge pas, j'arrive. » Elle a mis une demi-heure pour traverser la ville. Elle avait peur d'arriver trop tard, elle l'appelait sans cesse, ensuite ils ont gardé les téléphones ouverts en tout temps. Et ils sont restés comme ça, en communication continue.

Quand elle est arrivée, Rocky était dans un état épouvantable. Il était recroquevillé, le regard égaré devant la foule de Shibuia. Dolorès l'a pris dans ses bras, une chance qu'il était très maigre, ensuite elle l'a embarqué dans un taxi. Il s'est calmé. Et c'est là qu'il a vomi sur le siège couvert de plastique de cette auto neuve. Le chauffeur était furieux. Il est descendu avec ses gants blancs, il leur a dit, « *Out* ! » Ensuite il a dû jurer contre ces étrangers sales. Ils ont payé sous la pluie d'injures, le taxi est reparti à toute allure.

Ils étaient près de leur parc du dimanche, ils ont marché un peu à l'air frais, ensuite ils se sont assis sur un banc. Rocky était calme mais blême, sa respiration haletante. Peu à peu, tout est rentré dans l'ordre. Qu'est-ce que je vais faire sans toi, Dolorès ? Elle a répondu : « Allez, allez, reprend toi. » Après cet incident, Dolorès a eu peur à chaque coup de fil de Rocky. Il était de plus en plus fragile, jusqu'au jour où il s'est pris en main, de toute évidence. C'est alors qu'il a juré, pour une deuxième fois, qu'il ne prendrait plus cette merde. Mais voilà que la nuit passée, il en a pris un peu quand même. Heureusement, il s'est arrêté à temps. Assez pour que Nana et Dolorès trouvent qu'il a l'air bien.

Nana

C'est elle qui s'occupe des manipulations numériques pour *Blackout*, le projet que Dolorès développe à Tokyo. Nana comprend bien le sens de cette vidéo sur écrans multiples, où il y aura des images de foules, de villes en lumière, d'un corps qui tombe, de cerveaux, d'écrans noirs. Le son est très important et Nana se fait aider par un jeune génie, Junko. Si tout va bien, *Blackout* pourra un jour devenir une installation-performance monumentale avec des écrans liquides traversés ou percés, de temps en temps, par un groupe de performeurs.

Nana a présenté à Dolorès un chercheur en neurosciences, dont la spécialité est l'évanouissement. Il s'appelle Katsu. Il invite Dolorès à son centre de recherche sur le cerveau. Sur les écrans de travail, il y a un tas d'images de différentes zones du cerveau : sectionné, vu de côté, de dos, d'en haut, en couleur, en noir et blanc. Il y a même une animation à partir de tous ces fragments mis ensemble. Katsu est très fier de lui faire visiter son lieu de travail. Ses recherches intéressent particulièrement Dolorès. Elle aimerait capturer ce moment de glissement, avant l'écran noir, comprendre et utiliser la forme de ces images, s'inspirer aussi de l'esthétique de ces apparitions, du rythme. Elle pense à toutes ces images de rêve qu'elle cherchera au fond du cerveau avec l'aide de Katsu, son nouveau héros.

À partir de ce moment, Katsu devient membre honoraire d'un triangle et demi d'or. C'est le début d'une collaboration stimulante entre Dolorès, Nana, son assistant Junko et Katsu. Avec le temps, l'amitié amoureuse et artistique qui s'installe entre eux apporte un angle nouveau. La présence de Junko est plutôt discrète et sporadique. C'est donc à trois que tout se joue. Et, contrairement à ce qu'on peut imaginer, les choses se passent plutôt bien. Katsu se voit parachuté entre deux belles femmes, quel homme n'a pas rêvé de cela ? Quant à Nana et Dolorès, elles s'accommodent bien de la situation. Nana est amoureuse d'un Hollandais blond, alors elle ne se voit pas menacée par l'attention de Katsu qui se déplace de plus en plus vers Dolorès. Les trois se rencontrent une fois par semaine pour discuter du projet, ils regardent les images ensemble dans une petite pièce à côté du studio. Parfois, Junko participe à ces réunions, sinon il passe son temps devant son ordinateur pour faire des retouches sur le son.

Katsu a un grand sens de l'humour, coupant et sans pardon. Depuis un certain temps, Dolorès sent des papillons dans son ventre à la fin de leurs séances. Cela arrive au moment où la tension du travail tombe, où ils parlent un peu de la pluie et du beau temps. Ensuite, chacun va de son côté, Katsu retourne au centre de recherche, Nana travaille à temps partiel au ICC comme consultante invitée en conservation. Dolorès reste un peu pour digérer la rencontre, dit au revoir à Junko. Elle prend une longue marche dans le parc Meiji. Une fois, Katsu l'a attendue, il lui a dit qu'il allait dans la même direction.

Katsu

Il pleuvait lorsqu'ils sont sortis du studio. Les voilà entassés sous un parapluie multicolore, dans la nouvelle intimité de leurs corps collés. Katsu ressemble plutôt à un musicien rock, avec sa veste de cuir, ses cheveux mi-longs, ses pantalons serrés sur de longues jambes maigres. Il fume comme une cheminée. Il est plus grand que la moyenne. Comme Dolorès était *a priori* très concentrée sur son travail, elle n'avait pas porté attention à tous ces détails, qu'elle découvre soudainement là, sous la pluie.

Ils marchent en silence, Katsu offre une cigarette à Dolorès. Ils fument collés, mouillés par les bords du parapluie. Ils passent devant un petit restaurant de soupe et décident d'y aller pour se réchauffer. La vapeur qui s'échappe des bols crée un écran entre leurs visages. Ils sont comme dans un rêve. Ils se rencontrent dans un nuage blanc, le désir remonte en surface, l'inévitable est à venir.

« Docteur, comment expliquez-vous ce phénomène du coup de foudre ? » Dolorès aimerait lui poser la question, mais en même temps elle veut s'accrocher à ce mystère, sans le théoriser. Elle se laisse absorber par la douceur de ce moment où elle sent qu'elle se perd dans les yeux de l'autre, qu'elle se fond dans son corps. Ce moment d'équilibre est fascinant, ce moment où elle sent aussi l'autre plonger dans ses yeux et dans son corps.

De cette conversation entre Dolorès et Katsu, personne n'entendra rien. Il y a tellement de bruit dans ce minuscule endroit, rempli jusqu'au dernier recoin par des gens animés, qui aspirent les nouilles à une vitesse incroyable. Mais tous peuvent voir leur regard à travers la vapeur des soupes. Quelque chose est en train de se passer, c'est évident. Déjà semble naître ce courant des premiers instants du désir à deux.

Ils sortent, la pluie a cessé, mais Katsu et Dolorès restent collés comme s'ils étaient encore sous le parapluie. Katsu la prend par le cou. « Je te raccompagne ? » Ils prennent un taxi. Ils sont assis l'un contre l'autre, la main de Dolorès dans ses deux mains à lui. Katsu s'approche et pose ses lèvres sur le coin de la bouche de Dolorès. Elle répond doucement. Ils sont arrivés devant l'édifice où habite Dolorès. Hmm. Le moment du grand dilemme approche.

Que faire ? Lui dire au revoir serait hypocrite. La même chose pour le coup du café. Elle n'a pas besoin de passer par ces conventions. Contrairement à l'étiquette habituelle, Katsu la suit dans le minuscule escalier, sans même qu'elle ait besoin de dire la phrase superflue qui veut tout dire. Elle ouvre la porte, met une chanson de Leonard Cohen, c'est une cassette qu'elle traîne toujours avec elle et qu'elle écoute sans se lasser.

Bouche à bouche, encore une fois l'une sur l'autre, cette fois avec pression, partout. Un baiser expert, extraordinaire, se superpose à tous les autres. Baisers de soie, badigeonnés de chocolat, de miel, de neige, parfumés de tabac, baisers de la mer, baiser d'Afrique ou d'Amérique, baiser d'homme par-dessus baiser de femme, dans un rêve. Bons ou moins bons, en commençant avec celui, si mal foutu, à la mer Noire. Oui, son premier, qu'un garçon inexpérimenté a gâché avec sa bouche serrée. Une belle chanson d'amour de L.C. sacrifiée. À jamais associée au souvenir d'un baiser minable.

Dans un mois, si tout va bien, elle devra rejoindre Thomas à Lisbonne. À la fin de son année à Tokyo, Dolorès décide de faire un voyage avant de rentrer à New York. C'est une sorte de pèlerinage dans les lieux qu'elle affectionne. Thomas lui propose ce rendez-vous. Elle accepte de le rencontrer, même si elle aime voyager seule. De plus, il s'agit d'une ville encore chargée de souvenirs d'un autre. Mais elle a trop envie de voir Thomas. Elle dit oui. Elle veut reconquérir la ville blanche.

La proximité implicite entre deux actions et deux hommes la rend un peu coupable, même si elle n'a pas vraiment de comptes à rendre à Thomas. Elle s'arrête un instant, pensive sous les caresses de Katsu, qui est complètement transporté. Elle voit, une fraction de seconde, Thomas. Et puis tant pis, lui aussi est peut-être avec sa copine anorexique, dans le bar où ils travaillent tous les deux. Tant que tout reste abstrait, ça va, pense Dolorès, et elle continue à s'abandonner à Katsu, qui lui a arraché ses vêtements.

Ils sont montés en vitesse au dernier étage, là où se trouve la chambre à coucher de Dolorès. Il y a des vêtements sur chaque marche de l'escalier. Ils ont fermé la porte, c'est leur truc pour que cette rencontre spéciale reste privée. Elle en glisse un mot à Nana, qui n'est pas étonnée. Elle a senti quelque chose, mais elle sait aussi qu'il est marié. De tous les côtés, la discrétion protège cet instant magique. Ils continuent à travailler tous ensemble jusqu'à la fin du projet. Entre Dolorès et Katsu, il y a maintenant ce lien souterrain si agréable, si doux et un peu triste aussi. Tout se déroule dans le respect d'un espace et d'un moment, les deux privés.

Peu de temps après son aveu à Nana, Dolorès quitte le Japon. Kaï, son ancien professeur de vidéo, lui écrit qu'il a un projet monumental dont il veut lui parler à son retour. Il ne lui dit pas de quoi il s'agit. Elle envoie *Blackout* à Kaï. Elle laisse derrière un Rocky à jamais corrompu, mais en forme tout de même. Elle laisse un Katsu qui lui sourit une dernière fois. Il l'embrasse doucement, ultime baiser, *for good old times sake*, un peu avec la langue. Nana part pour Okinawa avec son Hollandais. Les corbeaux continuent à crier au-dessus de cette ville qu'elle laisse avec regret. Les cerisiers sont en fleurs, mais elle manquera la Sakura, cette fête où il pleut des pétales roses. Elle part avec le goût de Katsu dans sa bouche, avec son empreinte sur ses lèvres. Ses mains posées sur ses lèvres lors de leur adieu scellent une lettre d'amour pleine de tendresse. Dolorès part vers un hôtel de Nakano, car sa maison est déjà louée.

En tombant à Shinjuku douze heures plus tard, elle devient la protagoniste de son propre projet sur l'évanouissement. *Blackout*, deuxième temps, *blackout* qu'aura raconté, dès le début, ce roman. De Tokyo à Lisbonne, jusqu'au Cap-Vert, l'écran noir s'est plusieurs fois allumé. Derrière cet écran, le passé a peu à peu refait surface du trou noir de la mémoire court-circuitée dans le souterrain de Shinjuku. Devant, la promesse de l'avenir devenu présent. Dolorès est en route vers l'Afrique. Finalement.

Table des matières